KB095000

다시 한번

다시 한 번 8

손종호 장편소설

초판 1쇄 찍은 날 § 2017년 6월 23일
초판 1쇄 펴낸 날 § 2017년 6월 30일

지은이 § 손종호
펴낸이 § 서경석

편집책임 § 김경민

펴낸곳 § 도서출판 청어람
등록번호 § 제387-1999-000006호
등록일자 § 1999. 5. 31
어람번호 § 제1-2721호

주소 § 경기도 부천시 부일로 483번길 40 서경B/D 3F (우) 14640
전화 § 032-656-4452 팩스 § 032-656-4453
http://www.chungeoram.com
E-mail § chungeorambook@daum.net

ISBN 979-11-04-91381-5 04810
ISBN 979-11-04-90670-1 (세트)

다시 한번

손종호 장편 소설

FUSION FANTASTIC STORY

8 [완결]

도서출판 청어람

다시
한번

목차

1장

추격

그놈?

"그렇게 말하는 걸 보니, 꽤나 친한 사이 같은데 맞습니까?"

"글쎄. 미안하지만, 거래하는 상대에게 얼굴도 보이지 않는 놈과 친해질 이유가 없어서."

염세훈의 한마디에 모두의 눈빛이 빛났다.

"음? 왜들 그러시나? 얼굴을 모른다고 했는데 어째 다들 기뻐하는 눈치구만. 뭐야, 대체?"

"염세훈, 계속 말 그딴 식으로 할래?"

"괜찮습니다. 교도관님."

"검사님, 그래도……."

"이거, 우리 검사님께서 사람 다룰 줄을 아시는구만. 사실 딱 봐도 내가 나이도 훨씬 많은데 존댓말 하긴 좀 그렇거든."

"글쎄요. 그건 염세훈 씨 하기 나름이겠죠."

"알았수. 뭐든 물어보라고. 성심성의껏 대답해 줄 테니까."

"그거 듣던 중 반가운 소리네요. 염세훈 씨, 혹시 그놈 목소리는 들었습니까?"

"목소리라… 어디 보자. 젊은 놈이었던 것 같아."

젊은 놈이었다고?

"변조된 목소리가 아니었던 겁니까?"

"변조라……? 아니, 기괴하게 웃고 있는 가면을 쓰고 있긴 했는데 목소리를 변조를 하거나 하진 않았었어."

기괴한 가면이라…….

"확실한 겁니까?"

"하… 참… 속고만 살았어? 아니면 워낙 잘나신 분이라 우리 같은 놈들이 말하는 건 못 믿겠다는 건가?"

"그런 건 아닙니다. 단지 놈이 자신의 목소리를 드러냈다는 게 이상해서 물어봤을 뿐입니다."

"흐음… 그랬구만."

"그래도 가면을 썼던 걸 보면, 당연히 자신의 신분을 밝히지 않았겠군요."

"잘 아네. 그 자식이 내가 만나본 놈들 중에 가장 음흉한 놈이라고 자신할 수 있어."

"그건 왜죠?"

"왜겠어? 혼자서 온 데다 내 부하들이 가면을 벗으라고 윽박지르는데도 낄낄거리면서 내 어깨를 잡고는 높낮이 없는 목소리로 속삭였으니까 그렇지."

"그놈이 뭐라고 말했습니까?"

"이곳에서 자기를 죽일 자신이 없다면 장난은 이쯤 하고 거래나 하자고 하던데? 그때 느꼈지. 이놈… 예사 놈은 아니구나."

"목소리는 어땠습니까?"

"목소리라… 글쎄, 뭐라고 말을 해줘야 되나? 발음은 명확했고, 가면만 쓰지 않았다면 편안하게 느꼈을 거야."

"목소리의 특색은 없었다는 말씀 같은데 맞습니까?"

"맞아. 걸걸하지도 않았고, 그저 평범한 톤이었어. 하지만 분명 꽤나 젊은 놈인 건 확실해."

젊은 놈?

"젊었다고요?"

"그렇대두. 많이 쳐줘봐야 이십 대 후반? 그것도 좀 많이 쳐준 거야."

삼십 대가 아니라 이십 대?

"정말 확실합니까?"

"확실해. 놈이 떠나기 전에 놈과 악수를 했었는데, 손이 매우 보드라웠어. 전혀 나잇살도 없었고 말이야."

"30대도 충분히 그럴 수 있지 않겠습니까?"

"이보쇼. 이래 봬도 내가 리조트만 세 개 이상을 운영했던 몸이야. 한 해에 만난 사람만 해도 수백 명은 족히 넘는다고. 그런 내가 그거 하나 모르겠어."

설마, 군천항에서처럼 운송책이 아닌 다른 사람인가?

"왜 그래? 실망한 눈빛인데? 당신들이 찾던 놈이 아닌가 봐?"

"글쎄요. 아직은 모르겠네요. 다른 특징은 없었습니까?"

"흐음… 조직 내에서 위치가 꽤 높은 것 같다는 것 정도?"

"왜 그렇게 느끼셨죠?"

"거만했으니까."

거만했다?

"어떤 식으로요?"

"주머니에 양손을 넣은 채로 털레털레 들어왔었거든. 마치 아랫사람을 만나러 온 것처럼. 게다가 아까 그놈이랑 악수를 했었다고 했잖아?"

"예, 그랬죠."

"그때조차 건방지게 한 손은 주머니에 처넣고 악수를 청해

왔거든. 그런 주제에, 좋은 사업이 하나 있는데 요트 말고 다른 배를 소유하고 있냐고 묻더라고. 나 참, 얼마나 어이가 없던지. 아무튼 말단이라면 그런 말을 꺼냈을 리가 없잖아."

좋은 사업? 배?

"사업이라… 혹시 무슨 사업인지 들으셨습니까?"

"자세한 건 듣지 못해서 사업이 뭔지는 모르겠고. 제의는 거절했었어."

"왜죠?"

"놈이 제안한 지역이 남해였다면 승낙했을지도 모르겠지만, 서해라더군. 이익도 좋지만, 마약 밀수를 하면서 그런 일까지 손을 댄다면 아무래도 리스크가 너무 크잖아."

서해라면… 놈이 맞는 것 같은데…….

"다른 건 또 생각나는 건 없으십니까?"

"으흠… 없는 것 같은데?"

"염세훈 씨."

"으음? 오오, 아가씬 또 누구신가?"

"윤지민이라고 합니다."

"그래? 꽤 반반한데?"

"한 번만 더 그 입을 놀리면, 무사하지 못할 거야."

"헤에… 왜요? 윤 수사관님 따님이라도 되시나? 이거… 정말인 것 같네……."

"알았으면 묻는 말에나 대답해."

"그러죠. 우리 윤 검사님께선 궁금한 게 뭔가?"

"처음 마약 밀수 거래를 하고 나서도 그자가 주기적으로 찾아왔었나요?"

"흐음… 한 번쯤 더 왔던 것 같아. 어떻게 알았는지, 국회의원 뒷배를 봐주는 걸 그만하라더군. 오히려 이목이 쏠릴 수 있다나 뭐라나."

뭐? 그걸 눈치챘었다고? 이거 꽤나 정보통이 넓은 것 같은데…….

"뭐 그 이후론 볼일이 없었지. 이렇게 잡혀 버렸으니까. 그때 말을 들었으면 좋았을 텐데 말이야. 그 개새끼… 방패막이가 되어줄 줄 알았더니 매정하게 쳐내더구만."

"그게 정확히 언제였죠?"

"글쎄. 작년 여름이었나, 봄이었나? 감방에서 있다 보니까 잘 기억이 잘 안 나는구만."

"지금 장난해?"

"윤 수사관님. 지금 최대한 협조를 하고 있는 거 안 보이십니까? 정말 모르는 걸 어떻게 합니까? 제가 여기서 여름이라고 할 수도 있고, 봄이라고 할 수도 있어요. 그럼 오히려 잘못된 정보를 주는 거 아닙니까?"

"그래… 잘났다, 자식아."

"또 다른 건 궁금한 거 없습니까?"

"놈의 인상착의를 말해 주시겠습니까?"

"그게… 어디 보자… 키는 한 백팔십이 넘었던 같고, 체형은 바람이 불면 넘어갈 것처럼 호리호리했었지. 겉멋만 들어서 백정장에다가 백구두를 신고 있었고 말이야. 목걸이를 했었던가? 그건 잘 기억이 안 나고, 반지를 하나 꼈던 것 같긴 한데… 모양은 잘 모르겠네?"

그 정도면 충분히 눈에 띄는 복장인데, 아쉽게도 주변 탐문을 하기엔 시간이 너무 흘렀어.

"또 그에 대해서 기억나는 건 없습니까?"

"전혀… 지금까지 말한 게 내가 아는 전부야. 더 물어봐야 서로 시간 낭비하는 꼴이라고."

하아… 하긴, 몇 번 만나지도 않았는데 이 정도로 상세히 기억하고 있다는 게 오히려 행운이겠지.

"오늘 협조해 주셔서 감사합니다."

"협조는 무슨. 그렇게 고마우면 형량이라도……."

그가 말을 마치기도 전에 우리에게 짧은 목례를 한 교도관이 그를 거칠게 일으켜 세우고는 그대로 방 밖으로 끌고 가버렸다.

"윤 수사관님."

"예, 최 검사님."

"그자의 말을 곧이곧대로 믿어도 괜찮을까요?"

"그렇다고 말씀해 드리고 싶지만, 검사님께서 아시다시피 그리 신뢰할 만한 자는 아닙니다."

"그렇긴 한데……."

놈의 말이 전부 사실이라면, 우린 전혀 엉뚱한 놈을 쫓고 있는 걸지도 모른단 말이지…….

"선배. 왜 그러세요?"

"그게, 거짓이라고 보기엔 너무 상세하게 설명을 해서 어떻게 하는 게 좋을지 모르겠어."

"흐음… 그럼 일단 확보한 물증들을 토대로 놈의 증언 중에서 진실과 거짓을 구별하는 게 낫지 않겠습니까?"

"그래야죠. 헌데… 몇 가지는 구별을 못 할 것 같아서요."

난감해하는 나를 본 윤필성 씨가 걱정 가득한 말투로 물었다.

"염세훈이가 수사에 꽤나 영향을 끼치는 말이라도 했었나 봅니다."

"예. 놈의 말이 사실이라면 저희가 추측한 용의자의 나이대와 다르게, 용의자의 연령대가 20대가 되어버립니다."

"흐음… 그런데, 검사님께서 용의자를 30대라고 추측하는 데엔 꽤나 확실한 물증이 있는 거구요?"

"말씀대로입니다. 대체 어찌해야 할지 모르겠네요."

"그것참, 골치가 아프겠습니다. 그럼 이렇게 하는 건 어떻겠습니까?"

"어떻게 말입니까?"

"아까 염세훈이 말로는 그자가 새로 계획한 범죄가 있다고 하지 않았습니까?"

"맞습니다. 헌데 죄송한 말씀이지만 그 범죄는 이미 제가 해결을 했었습니다."

"허허… 그래서 아까 목소리를 변조하지 않았냐고 물었던 거군요. 이거… 그럼 어쩔 수 없이 양쪽 모두 확실하다고 여기는 증거 말고는 일단 쳐내고 수사를 진행해야겠군요."

"역시 노련하십니다. 윤 수사관님 말씀대로 그래야 할 것 같네요. 확실하지 않은 증거는 오히려 독이 될 뿐이니까요. 아무튼 오늘 이렇게 도와주셔서 감사합니다. 괜히 저희가 폐를 끼친 건 아닌지 모르겠네요."

"아닙니다. 오히려 딸아이의 직장 동료분들을 뵐 수 있어서 기쁜걸요. 사건이 해결되면 연락 한번 주십시오. 이것도 인연인데 술이라도 한잔해야지요."

"이거 빨리 사건을 마무리해야겠는걸요. 그럼 조만간 찾아뵙겠습니다."

*　　　*　　　*

"아빠도 참… 이럴 때까지 술은… 선배, 죄송해요. 워낙 술을 좋아하시는 분이시라……."

"괜찮아. 아버님 나름대로 빨리 해결하라고 기원해 주신 건데 뭘."

"정말 선배 말씀대로 그랬던 거면 좋겠네요……."

아무렴, 딸이 맡은 사건인데 잘되길 빌었겠지.

"너야말로 쓸데없는 말 하지 말고, 사건을 어떻게 풀어나갈지 고민 좀 하지?"

"하아… 말이야 쉽죠. 대체 이 상황에서 어떻게 풀어나가냐구요. 뭐가 정확한 증거인지, 아닌지 알 수가 없으니……."

"제 생각도 윤 검사님 말씀처럼 쉽지가 않아 보이는데, 검사님께선 무슨 복안이라도 있으십니까?"

글쎄… 나라고 딱히 이 상황에서… 잠깐… 정확한 증거라… 지민의 아버님께 정말 술이라도 한잔 사드려야겠구만.

"수사관님, 어쩌면 답이 나올 수도 있을 것 같은데요?"

"선배, 정말이에요?"

그래, 나야말로 잊고 있었던 모양이구만. 정확한 증거를 찾을 방법을 갖고 있었으면서 이제야 눈치를 채다니.

"최 검사님, 어떻게 답을 찾겠다는 말씀이십니까?"

어떻게라… 미래와 현재를 대조해 봐야겠지.

"잠시만요. 정리를 해야 해서 그런데 다들 10분만 시간을 주시겠습니까?"

"선배가 그렇게 말씀하시는 걸 보면……."

"윤 검사님."

"아… 오 수사관님. 죄송해요."

뭐가 다르지… 생각해. 미래에서 미해결 사건으로 남았다면 그 이유가 있을 거야. 지금과 다른 확실한 이유가… 강 의원 살해 사건, 그리고 인신매매 사건도 없었어……. 두 가지를 이어서 찾아낼 수 있는 건 필리핀… 필리핀? 군천항? 그리고 여기서 찾아낸 결정적인 단서는 오태석이 범인이 아니다. 왜 미해결이 됐을까? 범인이라고 단정 지은 자가 범인이 아니었다면…….

"차 수사관님, 차 돌리세요."

"예? 지금 말입니까?"

"선배? 갑자기 왜 그러세요? 서울에 다 도착했는데, 팀장님께 보고부터 드리고 움직여도 되지 않아요?"

"검사님, 알아낸 게 뭐길래 이렇게 서두르시는 겁니까? 어디로 가시려는 겁니까?"

"군천항이요."

"군천항이요?"

"예, 수사관님."

"거기서 무엇을 하시려구요?"

"염세훈이 말한 게 사실인지 확인을 해야겠습니다."

"염세훈의 말이요?"

"20대라고 한 것 말입니다."

"정말 20대라고 확신하는 겁니까?"

"이제부터 알아봐야죠."

"어떻게 말입니까?"

"생각해 보세요. 놈은 대체 강혁범에게 군천항에 대해서 어떻게 알고 편지를 했을까요? 또한, 거래를 진행했던 건 분명 운송책이었어요. 근데 어떻게 그날 밤에 우리의 포위망을 빠져나갈 수 있었을까요?"

"설마, 군천항에 있었을 거란 말입니까?"

"예, 누구도 그의 본모습을 몰라요."

또한 우리가 30대라고 생각한 것도 결국 추측에 불과해. 놈이 노린 게 그것이라면?

"허… 그렇다면, 군청항에선 본모습을 드러냈을지도 모르겠네요."

"예, 그리고 항구 주민들이 의심하지 않았다면, 분명 그 이유가 있겠지요."

"그곳에서 머물렀다거나 일을 했을 수도 있겠군요."

"예, 차 수사관님 말씀대로 제가 생각하는 게 그겁니다."

"이거 검사님의 예상대로 상황이 흘러간다면, 수사의 물꼬가 트일 것 같습니다."

"그럴 테지요. 팀장님껜 가면서 보고드려도 늦지 않으니, 출발해주세요."

"알겠습니다."

*　　　　　*　　　　　*

오랜만에 와보는구만. 여기에 왔을 때만 해도 전부 해결됐다고 여겼었는데…….

"선배. 안 내리세요?"

"내려야지. 너랑 차 수사관님은 항구 왼쪽을 탐문해 봐. 나랑 오 수사관님이랑 오른쪽을 돌 테니까."

"그래요. 그럼 이따 뵙죠."

"응, 고생하라. 수사관님. 저희도 슬슬 출발하죠."

"예, 근데 갑자기 이런 생각은 어떻게 하신 겁니까?"

"아직 아무것도 나온 게 없는데 너무 띄워주시는 거 아닌가요?"

"항상 남들은 생각지 못한 것들을 생각하시는 것 같아서 여쭤본 것뿐입니다."

"윤 검사 아버님 말대로 확실한 증거와 그렇지 않는 것들을 걸러보자 생각했더니, 저희가 놓치고 있던 게 떠올랐을 뿐입니다."

"흐음… 하긴, 군청항을 빼놓고 운송책을 잡으려고 했단 것도 우습네요."

"그럼 가보죠."

"예, 근데 탐문을 해본 경험이 없어서 폐만 끼치는 건 아닌지 모르겠네요."

"그럼 가만히 계세요."

"예?"

"농담입니다. 그냥 저한테 매번 묻는 것처럼 물어보시면 됩니다."

"어떻게요?"

"음? 아무리 사소한 일이라도 꼬치꼬치."

"호오……? 평소에 그렇게 느끼셨나 봅니다?"

"그럴 리가요……."

"말투는 전혀 아닌 것 같은데요?"

"오해십니다. 한시가 급하니 저쪽 슈퍼부터 들어가 보죠."

슈퍼라기보단 80~90년대 드라마에서나 나올 법한 구멍가게를 떠올리게 만드는 낡은 간판을 가리키자, 수사관이 분을 삼키며 고개를 끄덕였다.

"그래요. 이 문젠 나중에 천천히 이야기해 보죠."

하아… 이거 이젠 농담도 함부로 못 하겠구만.

"안녕하십니까?"

안으로 들어가자 육십은 훌쩍 넘겨 보이는 할머니께서 TV를 보고 계셨다.

"저기요. 할머니."

"으응? 왜?"

왜라니……. 할머니께선 한창 재미있는 장면인데, 왜 방해를 하냐는 듯한 눈빛으로 우리를 바라보고 계셨다.

"살 거 있으면 골라. 뭘 그리 멍하니 있어?"

"죄송합니다. 그게……."

할머니께선 내 대답은 관심도 없다는 듯 나와 수사관을 한 번 훑겨보고는 전혀 뜻밖의 질문을 던지셨다.

"외지에서 오셨구만. 그래? 둘이 부부여?"

"아니요……."

수사관이 그럴 리가 있겠냐는 말투로 할머니께 말씀드리자, 흥미를 잃으셨는지 할머니께선 곧바로 TV로 눈을 돌리셨다.

"할머니."

"총각, 귀찮게 왜 자꾸 불러?"

"그게 여쭤볼 게 있어서요."

"뭘?"

"사실 저희가 사건을 조사하려고 이곳에 왔습니다."

"사건? 요 근래 뭔 일이 있었다고 사건을 조사해? 총각 혹시 형사여?"

"아니요. 형사는 아니구요. 검사입니다."

"어이구… 검사님이셨어. 나이는?"

"예?"

"젊은 양반이 벌써부터 귀가 먹은 겨? 나이가 몇이냐구?"

"스물……."

"스물이면 뭐… 우리 손녀랑 나이도 비슷한 것 같은데, 저 처자랑 무슨 사인인가?"

하아……?

"그냥 직장 동료입니다."

"그려? 수사 중이라고?"

"예… 맞습니다."

어느새 내 손을 맞잡으신 할머니께서 자신의 옆자리에 나를 앉히셨다.

"저… 할머니."

"뭐가 궁금혀? 어디 말해봐."

"그게 혹시 이 근방에서 청년이 갑자기 없어졌다거나, 아니면 외지에서 온 청년이 있나 싶어서요."

"외지? 허어… 그러고 보니까 윗집 황 씨네 집에서 하숙을 하던 청년이 몇 달째 오지를 않고 있다고 했던 것 같은데?"

"그게 사실입니까?"

"그럼… 근데 총각."

"예, 말씀하세요."

여태껏 건성으로 말씀하시던 할머니의 진지한 눈빛은 단서를 찾을지도 모른다는 기대를 하게 만들었다.

"어디 살어?"

"예?"

"꼭 두 번 물어야 대답을 해줄 껴? 어디 사냐고?"

"서울에 살고 있습니다. 할머니."

"아파트?"

"아뇨, 아직 그 정도 돈은 모으지 못했습니다."

실망을 한 듯 한숨을 내쉰 할머니께서 언제 그랬냐는 듯 밝게 웃으며 말씀하셨다.

"그려. 그 나이에 아파트는 무리지. 천천히 모아서 옮기면 되지, 안 그려?"

"말씀 감사합니다. 그것보다 그… 총각이 살던 곳이 어딘지 알 수 있을까요?"

"길 따라서 쭈욱 올라가다 보면, 빨간 지붕에 똥개 한 마리가 묶여 있는 집이 보일 거야. 거기가 황 씨네야."

"감사합니다. 덕분에 많은 도움이 되었습니다."

"그려. 그랬겠지. 그래서 말인데, 선 한번 보지 않을 텨?"

"말씀은 감사하지만, 혼인을 약속한 사람이 있어서요."

*　　　　*　　　　*

“그리 웃기십니까?”

“진기한 경험이어서요. 말로만 듣던 욕쟁이 할머니가 정말 있긴 하네요.”

“수사관님 기분이 좋아 보여서 저까지 다 기쁘네요…….”

“그래도 정보를 얻을 수 있어서 다행이지 않았습니까?”

“그렇긴 한데, 평생 들을 욕을 한 번에 다 들은 것 같습니다.”

“그러게 처음부터 말씀을 하셨어야죠.”

“예~ 다 제 잘못이죠.”

그나저나 빨간 지붕에 똥개가 있는 집이라… 죄다 빨간 지붕인데 찾을 수나 있으려나 모르겠네.

“하아… 죄다 개 한 마리씩은 키우고 있는 것 같은데요?”

“예, 그러네요. 검사님, 이래선 그냥 아무 집이나 들어가서 묻는 게 빠를 것 같습니다.”

“제 생각도 그게 낫겠네요.”

어라?

“선배?”

“뭐야? 탐문은 끝낸 거야?”

“중요한 정보를 얻어서 황수봉 씨란 분의 집을 찾아가는 길

이거든요."

황수봉?

"혹시 그 집에서 청년 하나가 하숙을 했는데 현재 감감무소식이라는 말이라도 들은 거야?"

"검사님께서 어떻게 아셨습니까?"

"어떻게 알긴요, 차 수사관님. 저희도 그런 말을 들었거든요. 근데 빨간 지붕 집에 똥개 한 마리가 묶여 있다고 하셔서 어떻게 찾아가나 고민 중이었습니다."

"그러셨습니까? 이거 하마터면 두 분께서 고생깨나 하실 뻔했습니다."

"그렇게 말씀하시는 걸 보면 위치가 어딘지 아시나 봅니다."

"예, 어르신께서 친절하게 약도를 그려주셔서요."

하아… 핸드폰은 뒀나 뭐 하시는지… 연락이라도 해줬으면 좋았을 텐데 말이야.

"이거… 죄송합니다. 확실하지 않아서 윤 검사님과 확인을 해보고 연락을 드리려던 참이었거든요."

"괜찮습니다. 어서 가보죠."

* * *

"안녕하십니까. 서울 남부지검에서 근무하고 있는 검사 최

승민이라고 합니다."

"검사요? 갑자기 검사님씩이나 되시는 분이 여긴 어쩐 일로……?"

"불안해하지 않으셔도 됩니다. 황수봉 씨께 여쭤볼 게 있어서 잠시 방문을 한 것뿐입니다."

"저한테요? 그렇게 말씀하셔도 도통 모르겠네요? 배 타고 물고기나 잡는 놈한테 물어볼 게 뭐가 있다고……."

"다름이 아니라, 황수봉 씨 댁에서 하숙을 하고 있던 청년에 관해서 묻고 싶은 게 있어서요."

"아… 그 청년……."

"예, 슈퍼 할머니 말씀으로는 몇 달째 소식이 없다고 하던데 맞습니까?"

"그렇죠. 저도 그래서 이상하게 생각했었는데, 어차피 1년치 하숙비는 다 냈으니 뭐… 그냥 일이 있겠구나 싶었죠."

하긴, 보통 하숙이라면 반년 아니면 1년 계약이니.

"그랬습니까? 혹시 그 청년의 인상착의를 알 수 있을까요?"

"기생오라비처럼 생겼더라구요. 남자가 그래서 어따 써먹나 걱정이 되더라구요."

"키는 어느 정도였습니까?"

"글쎄… 키는 멀대같이 컸죠. 이 정도?"

황수봉 씨가 자신의 민머리 위로 손을 힘껏 들어 올려 보였다. 흐음… 황수봉 씨가 160㎝ 후반이니까, 대략 185㎝ 정도 인가. 염세훈이가 말했던 인상착의와 거의 일치하는구만.

"그리고 다른 특이 사항은 없었습니까?"

"글쎄. 평소에도 자주 들어오지도 않았고, 우리랑 식사도 같이 안 해서… 생긴 거랑 다르게 꽤 음침하더라구요."

"그자가 여기서 무슨 일을 하거나 하지는 않았습니까?"

"공무원 준비를 하러 왔다고 했습니다. 공부를 하러 왔으면 방 안에 처박혀 있어야지. 뭘 그리 싸돌아다니는지 뉘 집 자식인지는 몰라도, 참… 그 집 부모가 불쌍하더라구요… 에휴, 자식이 저러는지도 모르고……."

공무원 준비?

"그랬군요. 그자의 나이는 어느 정도였습니까?"

"스물다섯이라고 했던가? 잘 기억이 안 나네요. 잠시만요. 여보!"

황수봉 씨가 큰소리로 외치자, 집안에서 중년의 여인이 천천히 걸어 나왔다.

"왜요! 이 양반이 할 말이 있으면 들어와서… 어머? 이분들은 누구셔? 혹시 당신 손님?"

"아니야. 서울에서 오신 검사분들이셔."

"검사? 당신 무슨 죄졌어?!"

"이 여편네가 지금 무슨 소릴 하는 거야? 그게 아니라 우리 하숙생 있잖아. 그 총각에 대해서 물을 게 있다고 하시더라고."

"그 총각은 왜?"

"사모님, 그게 확실한 건 아니지만 저희가 쫓고 있는 사건의 유력한 용의자일 가능성이 높아서 이렇게 찾아뵙게 됐습니다."

"어머! 착하게 생겨서 그렇게 안 봤는데, 참… 사람 겉모습만 보고는 모른다더니……."

"아직 확실한 건 아닙니다."

"아니에요. 실은 전부터 이상하긴 했어요. 자기 방엔 절대로 들어오지 말라고 할 때부터 수상쩍더라구요."

"그런 말을 했었습니까?"

"예, 가끔 문틈으로 살펴보면 어찌나 째려보던지……."

우리가 제대로 찾아온 것 같은데?

"혹시 그자의 나이가 어떻게 되는지 알고 있습니까?"

"대학교를 졸업하고 막 왔다고 하더라구요. 그게 스물다섯이라고 했던 것 같아요."

"그렇군요. 혹시 두 분께 실례가 안 된다면, 방 안을 좀 살펴도 되겠습니까?"

"그럼요. 이쪽으로 오시죠."

흐음… 너무 깔끔한데… 공무원 준비를 했다고 치기엔, 서적도 없고.

"검사님, 공무원 준비를 했던 것 아닌 것 같은데요?"

"제 생각도 같습니다."

"다들 이것 좀 보셔야 할 것 같은데요?"

차 수사관이 의미심장한 미소를 지으며 색이 바랜 종이를 흔들어댔다.

"이건……."

오 형의 원수? 종이 중앙에 붉은색 펜으로 여러 번 동그라미를 친 곳엔 강 의원의 이름이 쓰여 있었다.

"오 형이라… 오태석이를 형님으로 모셨나 보네요."

"검사님, 놈이 확실한 것 같습니다."

"예… 이건, 빼도 박도 못할 증거네요. 이 종이에 분명 놈의 지문이 남아 있을 겁니다."

"선배, 곧 놈의 정체를 알아낼 수 있을 테니, 찾는 것도 시간문제일 것 같은데요?"

"두 분, 그것보단 직접 놈을 잡는 건 어떻겠습니까?"

그건 또 무슨 말이지?

"수사관님, 그게 무슨 말씀이십니까?"

"이것 좀 보시죠."

"긴급한 상황을 대비해서 도주로를 만들어놓은 모양이군요."

"어떻게 하실 겁니까?"

"바로 확인해 봐야죠."

—띠리리 —띠리리

—여보세요.

"박 반장님. 안녕하셨습니까."

—오랜만입니다. 혹시 밖에 나와 계십니까?

"예, 어떻게 아셨습니까?"

—유 형사가 아니라 검사님께서 직접 연락을 하셔서요.

"역시 날카로우시네요."

—근데 무슨 일이십니까?

"반장님께 부탁드릴 일이 있어서요."

—호오……? 이거 벌써부터 기대가 되는군요. 말씀하시죠. 있는 힘껏 도와드리겠습니다.

"총 세 군데입니다."

—세 군데요?

"운송책이 하숙을 했던 곳의 집주인 말로는 이름이 방선준이라고 하던데 놈이 유사시를 대비해서 만들어놓은 쥐구멍이 세 곳이더라구요."

—방선준… 설마? 놈의 정체를 알아내신 겁니까?

"물론입니다. 그뿐이겠습니까?"

—이거 제가 질문을 잘못 드렸나 보군요. 그 장소들이 어딥니까?

"그게……."

위치에 대한 설명을 들은 박 형사님께서 더 볼 것 있냐는 들뜬 목소리로 내게 말했다.

—알겠습니다. 바로 출동해서 확인해 보겠습니다.

"그럼 부탁드립니다. 아… 혹시 놈이 돌발 행동을 할지도 모르니, 인원 배치에 신경을 좀 써주세요."

—예, 그건 염려 마십시오.

"그럼 고생하십시오."

경상도 울산, 전라도 신안, 경기도 평택이라… 위치상으로 해안가 인접 지역인 걸 보면 도주로를 파놓은 모양인데…….

"선배."

"어?"

"박 반장님이 뭐라고 했어요?"

"뭘 뭐라고 해. 확인해 보겠다고 했지."

"예?"

"넌 또 뭘 그리 놀래?"

"아니, 지역이 너무 멀리 떨어져 있어서 걱정이 돼서 그렇죠."

"차 타고 가면 사실 그렇게 오래 걸리지도 않잖아."

"그래도… 범인이 다른 곳으로 옮길 수도 있잖아요."

"이 녀석 말대로 놈이 이미 도주했을 가능성이 높긴 하지. 하지만, 범인의 이름을 알았으니 이번에 놓쳐도 잡는 건 시간 문제일 뿐이야."

"박 반장님이 알아서 잘하실 테니까 걱정 마. 그리고 지원이 필요했다면 먼저 말씀하셨을 분이야."

"그렇긴 한데……."

"왜, 뭐 걸리는 점이라도 있어?"

"그런 건 아니에요."

"난 또 뭐라고. 걱정되는 건 알겠는데, 이번에 놓친다고 해도 어차피 범인이 누군지 알았으니까 잡는 건 일도 아니야."

"예. 그럼 전 증거가 더 있나 찾아볼게요."

*　　　*　　　*

"다들 수고했어요."

"감사합니다."

"이거 생각지도 못한 수확을 했구만. 최 검사."

"예. 팀장님."

"어때, 자네 생각엔 그곳들 중 한 곳에 놈이 있을 것 같나?"

놈이 있길 바랬는데, 전라도 신안에서 발견 못 했다……. 이거 지민이 녀석의 걱정이 현실이 됐구만.

"제 생각엔 이미 다른 곳으로 도주를 했을 것 같습니다."

"호오? 왜 그렇게 생각하지?"

"놈이 시간이 있었다면, 군천항에 있던 하숙집에서 그런 식으로 흔적을 남기지 않았지 않겠습니까? 제가 아는 운송책이라면, 리스크를 감수할 자가 아닙니다."

"흐음… 시간이 촉박했다? 하긴, 바보가 아닌 이상 위치가 드러난 장소에 오래 머물 리 없겠지. 일리가 있는 말이야."

"헌데, 조금 걸리는 게 있습니다."

"그건 또 뭐지?"

"차 수사관이 알아본 바에 의하면, 방선준이 확실히 필리핀 유학 생활을 했던 것은 맞긴 한데… 아무래도 평범했던 그가 갑자기 범죄의 길을 걸었다는 게 조금 이상합니다."

"흐음… 방선준의 성격도 그리 외향적이지 않다고 하지 않았었나? 외로운 타지 생활을 하다, 우연히 오태석과 만나 친분을 쌓을 가능성도 있잖나."

"하지만 몇 년째 가족과 연락이 두절됐었던 점이 조금 수상합니다. 그리고 갑자기 사람이 그렇게까지 변하지는 않지 않습니까?"

"글쎄… 내가 겪어본 바로는 사람이 변하는 건 한순간이네. 일단은 형사들이 놈의 은신처로 예상되는 곳들을 수색 중이니 놈을 잡지 못하더라도 무슨 단서를 발견하지 않겠나? 조금 더 기다려 보세."

곽 팀장의 말대로 내가 잘못 생각하고 있는 건가. 스물다섯이라니, 아무리 생각해도 너무 젊은데…….

"흐음, 이거 우리 박 반장도 양반은 아닌 모양이구만."

우리 박 반장이라… 곽 팀장의 입에서 저런 말이 나오다니, 참 낯서네.

"여보세요. 아, 그래요. 어떻게 됐습니까? 허허! 이거 듣던 중에 반가운 소식입니다. 일단은 다시 올 수도 있으니, 잠복을 좀 부탁드려도 되겠습니까? 역시 박 반장님이십니다. 그럼 박 반장님만 믿고 있겠습니다."

뭐지? 무슨 일이길래 곽 팀장이 저리 좋아하지?

"최 검사."

"예, 팀장님."

"자네가 괜한 걱정을 한 모양이야."

"그게 무슨……?"

"범행에 쓰였을 것으로 추정되는 물건들이 발견됐다는구만."

"어디서 말입니까?"

"경기도 평택에서 발견됐다더군."

경기도 평택이라… 흐음…….

"왜 그러나?"

"아닙니다. 조금 의외여서요."

"왜지?"

"분명 발을 빼려는 움직임이었잖습니까? 제가 놈이었다면, 이미 범행 지역이었던 경기도나 전라도가 아니라 울산 쪽을 은신처로 노렸을 거라고 생각했는데 예상이 빗나가서요."

"그러니 자네가 인신매매 사건 때 그 고생을 한 거잖나."

하긴 예상대로 움직일 놈은 아니지.

"허, 미안하네. 이거 자네의 오해를 살 만한 말이었구만. 그런 뜻은 아니었네. 직접 겪어보니 왜 고생을 했는지 알 것 같아서 말한 걸세."

"아닙니다. 오해라니요. 괜찮습니다."

"그래, 그렇다니 다행이구만."

"근데, 팀장님."

"음? 말해보게."

"그 범행에 추정되는 물건은 뭐였습니까?"

"아… 독극물을 주입할 때 쓰던 주사기와 망가진 시가 칼들이 널려 있었다더구만."

그렇다면 방선준이가 확실했단 건데. 왜 그는 오태석에게 넘어간 걸까? 아니, 어쩌면 오태석이 방선준에게 넘어간 걸지도 모르겠구만.

"왜 말이 없나?"

"죄송합니다. 잠시 생각을 하느라……."

"무슨 생각?"

"지금 흘러가는 상황을 따져보면 방선준이가 이 모든 일들을 주도했다고밖엔 설명이 안 되는데, 단순한 유학생인 방선준이를 이렇게 타락하게 만든 원인이 뭘까 생각하고 있었습니다."

"의외로 단순한 일일지도 모르지."

"그게 무슨 말씀이십니까?"

"어느 날, 고교 동창 한 놈한테 연락이 왔었네."

"뭐라고 말입니까?"

"동창생 한 놈이 마약 중독으로 사망했다더군."

"예? 한국에서요?"

"아니. 그놈도 유학을 갔었네. 성실하고 똑똑한 놈이라 다들 잘될 거라고 생각했는데, 그리됐지. 그때 내 나이가 스물여섯이었나?"

"그분께선 어쩌다 그렇게 된 거랍니까?"

"처음엔 그저 일탈이었다는데, 자네도 잘 알지 않나? 한 번이 힘들지… 그다음부턴 일사천리라는 걸."

"그럼 혹시 팀장님께선 방선준도 비슷한 케이스라고 생각하시는 겁니까?"

"뭐, 비슷하네. 사람이란 상황에 따라 바뀌기도 하는 법이니까."

흐음… 일리가 있긴 한데, 왜 자꾸 마음에 걸리는 거지.

"어차피 방선준이를 잡으면 다 알게 되겠지만 말이야."

"아직 놈이 그곳에서 머물고 있는 겁니까?"

"글쎄. 방이 깔끔하게 정돈이 되어 있었고, 책상 주변엔 먼지가 쌓여 있지 않다는 걸 보면 그럴 가능성이 높지."

흐음… 일이 쉽게 풀리면 좋겠는데.

"유 형사."

"예, 곽 팀장님."

"방선준의 몽타주는 다 작성됐나?"

"예. 팀장님. 말씀만 하시면 언제든지 배포 가능합니다. 직접 보시겠습니까?"

"그래, 어디 한번 보자구."

유 형사에게 몽타주를 건네받은 곽 팀장이 혀를 끌끌 찼다.

"이리 순박하게 생긴 사내가 그 잔인한 손가락 살인마라니… 최 검사. 이것 좀 봐보게."

"허… 정말 하숙집 아주머니께서 기겁할 만하네요."

"그랬나? 함께 생활했던 자가 누군지 알았다면 기절을 했을지도 모르겠구만."

흐음… 방선준. 확실히 선하게 생기긴 했는데. 뭔가 이상한데? 나만 그런 건가?

"유 형사님."

"예, 최 검사님. 왜 그러십니까?"

"몽타주 한 부만 더 주실 수 있으십니까?"

"예, 그럼요."

"자네 갑자기 왜 그러나?"

"윤 검사랑 수사관님께 확인을 해보려구요."

"선배, 저요?"

"검사님, 확인이라니요?"

"무슨 확인을 한다는 건가?"

"아무리 봐도 기생오라비같이 생기지는 않은 것 같아서요."

"기생오라비? 그 말은 누구한테 들은 겐가?"

"하숙집 주인분께 들었습니다."

"흐음… 그럼 나이가 마흔은 훌쩍 넘었겠구만."

"맞습니다."

"키가 180㎝이 넘는다고 했던가?"

"예, 185㎝ 정도입니다."

"하숙집 주인이 충분히 그런 소릴 할 만하구만."

"왜 그렇게 생각하십니까?"

"내가 봐도 기생오라비 같으니 그렇지."

그저 내가 과민 반응을 한 건가? 곽 팀장의 말에 미소를 짓고 있는 팀원들을 보면 아무래도 그런 것 같긴 하다.

"자네가 놈을 너무 높게 평가해서 예민해진 것 같구만."

"예, 아무래도 그런 것 같습니다."

2장

공범

잠복 3일째… 아직도 이렇다 할 소식은 없는 건가. 이거 참, 난감하구만.

방선준의 모습이 그려진 몽타주를 들고 고민에 빠져 있는 곽 팀장도 나와 매한가지인 모양이다.

"허허… 무슨 소식이 있어야 수배를 때리던지 말든지 할 텐데… 어이, 최 검사."

"예, 팀장님."

팀장의 곁으로 달려가자 그가 아직도 고심 중인지, 이마를 검지로 매만지며 물었다.

"자네 생각은 어떤가? 그냥 수배를 때리는 게 나을 것 같나, 아니면 좀 더 기다려 보는 게 나을 것 같나?"

글쎄…….

"조금만 더 기다려 보시는 게 어떻겠습니까?"

"왜지?"

"집주인은 놈이 집세를 밀린 적이 없다고 했었고, 문 앞의 전단지가 붙어 있지도 않았잖습니까."

"흐음… 이거 머리가 더 복잡해지는구만. 만에 하나 혹시라도 놈이 눈치를 챈 거라면, 그땐 너무 늦지 않겠나?"

놈이 눈치를 챈 것이라면, 3일 전에 이미 알아챘을 가능성이 높아.

"그렇다고 섣불리 전단을 배포했다가는 다 잡은 고기를 놓치는 우를 범하는 일이 될 수도 있습니다."

"흐음… 괜히 긁어서 부스럼을 만들 필요는 없다? 그래. 일단 오늘까지는 지켜보는 게 나을 것 같구만. 해안 경계를 강화했으니, 3일 전에 이미 국외 도피한 게 아니라면 알아차렸다고 해도 국내에 있을 가능성이 높고 말이야."

"예, 제 생각도 같습니다."

"그렇게 하자고. 아, 오늘 유 형사와 함께 강 의원의 운전기사를 만나본다고 하지 않았었나?"

"예. 오후 1시쯤으로 약속을 잡았습니다."

"오후 1시면 이제 슬슬 움직여야 할 텐데. 유 형사는 지금 어디 있는 겐가?"

"아, 제가 부탁한 일을 처리하느라 잠시 밖에 있습니다."

"무슨 일?"

"그 국과수 홍다나 씨라는 분께 부탁받은 일인데."

"아… 홍다나 씨라면 그때 영상으로 설명을 해줬던 아가씨를 말하는 겐가?"

"맞습니다."

"그 아가씨가 자네에게 무슨 부탁을 한 겐가?"

"증거자료를 다시 검토하는 중에 조금 미심쩍은 점이 있다면서, 과거 범죄 기록과 현장 사진들을 보내 달라고 해서요."

"그건 여기서도 해도 되는 일 아닌가?"

"실은 독특한 부탁을 첨가해서요."

"독특한 그게 뭔가?"

"현장을 다시 재현해서 사진을 찍어줄 수 있냐고 부탁해 왔습니다."

"현장을 재현해 달라? 허허……? 대체 무슨 일인 게야?"

"글쎄요. 저도 정확하게 전달받은 게 아니라 자세한 건 알지 못하지만, 말투로 봐서는 꽤 중요한 일인 것 같았습니다."

"뭐, 국과수에서 의심을 한 만큼 허튼 일이 아니겠지."

글쎄… 내가 아는 그 아가씨라면… 본인의 호기심을 채우기 위해서 허튼짓도 충분히 할 사람이라…….

"예, 분명 중요한 일일 겁니다. 미리 보고를 드리지 못해서 죄송합니다."

"아니야. CCTV 분석하랴, 방선준이 추척하랴 이렇게 눈코 뜰 새 없이 바쁜데, 보고할 정신이나 있었겠나. 괜찮아. 그럼 이만 일 보게."

다행히 잘 넘어갔구만.

"선배."

산 넘어 산일세. 수사관까지 따라 온 걸 보면 보통 일은 아닌 것 같은데. 어째 이번 삶에서도 중간에서 치이는 것 같은 느낌이 드는 건 그저 내 착각이려나…….

"검사님."

"한 분씩 말씀해 주시겠어요. 제 몸이 두 개가 아니라서요."

"그럼 윤 검사님 먼저 말씀하시죠."

"그럴까요?"

누구라도 상관없으니 제발 빨리 말씀 좀 해주셨으면 하는데?

"그럼 제가 먼저 말씀드릴게요."

"그래. 그거 듣던 중 반가운 소리네."

"검사님, 제 말은 듣기 싫다는 건가요?"

"그럴 리가 있겠습니까? 수사관님과는 1시에 함께 김 기사를 보러 가야 하니 그런 거죠."

"아… 죄송합니다. 그럼 전 그냥 가는 길에 말씀드리겠습니다."

"그러죠, 그럼. 윤 검사, 뭔 일인데? 말해봐."

"아, 다나한테 연락이 와서요."

"다나 씨한테? 혹시 나한테 부탁했던 일 때문이라면, 늦어도 오후 3시까지는 보내 드린다고 전해줄래."

"선배, 그게 아니라 이번에 군천항에서 발견된 증거 때문에 연락해 왔어요."

군천항?

"아… 그랬지. 그래, 뭔가 발견된 게 있대?"

"아뇨. 아무것도 나온 게 없대요."

뭐? 나온 게 없어?

"지문 하나 나오지 않았다고?"

"예, 선배. 그래서 저도 이상해서 지금……."

"윤 검사."

"예?"

"이런 사항이면 팀장님께 먼저 보고를 드렸어야지. 이렇게 나한테 오면 어떡해?"

"아… 죄송합니다."

"됐으니까, 일단 팀장님께 보고드려."

"알겠습니다."

"윤 검사."

"네……?"

"보고 끝나면 문자로 보내."

"예, 그럴게요."

고거 좀 들었다고 풀이 죽기는…….

"어떻게 수사관님, 그냥 지금 말씀해 주실래요?"

"아뇨. 왠지 지금 말했다간 저도 한 소리를 들을 것 같으니, 이따 하겠습니다."

"이거 왠지 제가 나쁜 놈이 된 것 같은데요?"

"그렇지는 않습니다만, 신경이 많이 날카로워지신 건 맞는 건 같네요."

"수사관님께서 그렇게 느끼셨다니 괜히 죄송하네요."

"아닙니다. 검사님의 마음 이해하는걸요. 사실 저도 그렇구요. 어젠 놈을 놓치는 악몽까지 꿨는걸요."

놓쳤다라. 나처럼 누군가가 죽는 꿈을 꾼 것보단 차라리 그게 낫지.

"왜 그러십니까? 안색이 안 좋으십니다."

"아니에요. 놓쳤다는 말을 들으니, 왠지 느낌이 안 좋아서요."

"제가 괜한 말을 한 것 같네요."

"꿈은 반대라는 말이 있잖습니까. 안 그래요?"

"예, 이번에는 정말 그랬으면 하네요."

그러게 말이야…….

"그렇게 될 겁니다. 일단 식사나 하러 가죠."

* * *

식사를 마치고, 근처 패스트푸드점에서 나오던 중 수사관이 할 말이 있다던 것이 생각이 났다.

"근데 수사관님, 아까 하려던 말은 뭐였습니까?"

"아… 방선준이 범인이라면, 대체 강 의원은 필리핀에서 무엇을 보고 그리 좋아했을까 싶어서요."

"글쎄요… 지금으로선 오 형의 원수라고 이를 갈던 방선준을 보고 좋아한 건 아닌 것 같긴 한데, 도무지 짐작이 안 가네요."

"제가 괜한 말을 꺼낸 것 같습니다."

"아니요. 저도 이상하긴 했거든요. 김 기사를 만나고 나면, 팀장님께 말씀드려서 조사를 해봐야 할 것 같습니다."

"어떤 식으로 말입니까?"

"강 의원의 부인께 한번 여쭤보는 게 가장 빠르지 않겠습니까?"

"하긴, 그게 나을 것 같네요. 그날 부인께선 침착한 모습을 보이려고 애쓰긴 했지만 왠지 경황이 없어 보이셨거든요."

"예, 제 생각도 같습니다."

"검사님 생각처럼 부인께서 뭔가 기억을 해내줬으면 좋겠네요."

"그러게요. 그것보단 지금은 저희 노력이 헛되지 않길 바래야죠."

"저희라니요? 분명 유 형사님 성격이면 식사를 하셨을 거라니까요?"

"내기 할까요?"

"그거 나쁘지 않네요."

"뭘 걸면 좋을까요?"

"글쎄요. 어차피 제가 이길 텐데, 소원 내기?"

"수사관님, 그러다 제가 이기면 어쩌려구요?"

"그럴 일은 없을 테니 염려 마시죠."

*　　　*　　　*

"검사님, 말씀대로 자료들은 홍다나 씨께 전달해 드렸습니다."

"감사합니다. 이거 저 때문에 두 분께서 고생이 많으시네요."

"아닙니다. 괜찮습니다."

"근데 두 분 식사는 하셨어요?"

"예."

"아니요. 아직……."

하아……? 명색이 파트너이신 분들께서 그렇게 궁짝이 안 맞아져서야…….

"먹! 었습니다!"

유 형사의 눈치를 살피던 민 형사가 황급히 말을 바꾸는 모습에 유 형사가 손으로 얼굴을 가리며 사과를 해왔다.

"죄송합니다. 괜히 폐를 끼치는 것 같아서 제가 그만."

"아닙니다. 오히려 저희를 배려해 주시려고 그러신 건데요. 근데, 저도 눈칫밥이 조금 있어서. 자요."

"이게… 잘 먹겠습니다."

"취향을 몰라서 그냥 치킨버거로 샀는데 닭 알레르기가 있으신 분은 없으시죠?"

"그럼요. 감사히 먹겠습니다."

농담을 건네며 수사관의 눈치를 살피자 기분이 상했는지 고개를 팩 돌렸다. 뭐, 그럴 만하지.

*　　　*　　　*

식사도 끝났고 그럼 슬슬 움직여 볼까.

"덕분에 잘 먹었습니다."

유 형사의 말에 감자튀김을 막 집던 민 형사가 황급히 손을 떼고는 내게 꾸벅 고개를 숙여왔다.

"감사합니다."

"따지고 보면 저 때문에 식사를 못 한 건데요. 제가 감사를 드려야죠. 아무튼 이제 슬슬 출발하죠."

띠롱.

"흐음… 10분만 쉬죠."

"왜 그러십니까……?"

"내기 때문에 그런 거 아니니까 그렇게 걱정 안 하셔도 됩니다."

"제가 언제 걱정을… 했다고 그러십니까?"

그러니까 평소에 잘 하시지… 지은 죄가 있으니 그리 벌벌 떠시는 거잖습니까. 그것보다 이건…….

"검사님."

"잠시만요."

종이 쪼가리뿐만 아니라, 방 안에서조차 놈의 지문 하나 발견 못 했다고?

"출발하기 전에, 질문 하나 드려도 될까요?"

"질문이요?"

"예, 유 형사님."

"말씀해 보시죠."

"만약에 말입니다. 도망가는 급박한 상황에서조차 지문 하나 남기지 않은 범인이 자신의 신원을 탄로 나게 할 증거나, 자신의 위치를 알게 할 증거를 남길 확률이 얼마나 될까요?"

"그건 모순인데요? 지문조차 남기지 않았다는 건 주도면밀한 놈이란 이야기인데 그런 자가 그런 중요한 것들을 함부로 놔뒀다구요?"

"그렇죠? 유 형사님 생각도?"

"예. 말이 안 됩니다."

"전화 한 통만 하고 출발하죠."

—띠리리 —띠리리.

—여보세요? 왜 뭔가 단서라도 발견됐나?

"아닙니다. 팀장님, 윤 검사가 문자를 보냈는데 국과수에서 연락이 왔었다고 하던데요."

—역시 우리 최 검사구만. 척하면 척이야.

"그 말씀은……?"

—그래, 이미 수배 때렸네. 이렇게 된 김에 박 반장에게 조사를 부탁했더니 청소부를 뒀더구만. 시간을 끌 모양이었겠지.. 놀라지 않는 걸 보면, 자네도 예상했나 보구만.

청소부라… 이미 도주로를 정해놨던 건가?

"예, 청소부를 뒀을 거란 예상은 못 했지만 제 생각으로도 이놈이 시간을 끌 요량이란 건 확실해 보이더군요."

—걱정 말게. 나도 그렇게 녹록한 놈은 아니니까. 일단 놈을 잡아도 강 의원을 살해한 확실한 증거가 있어야 하니, 이쪽은 신경 쓰지 말고 김 기사부터 만나봐.

"알겠습니다. 그럼 이따 뵙겠습니다."

"검사님? 대체 무슨 일입니까?"

"예, 아무래도 운송책이 또 함정을 파놓은 모양이에요."

"그럼 설마, 군천항에서 발견된 증거들은 놈이 일부러 조작을 해놨다는 겁니까?"

"예, 맛 좋은 증거만 덩그러니 남겨놓을 놈이 아니란 걸 눈치챘어야 했는데… 눈앞의 먹이에 또 그대로 홀려 버렸네요."

"이젠 정말 그자를 다 파악했다고 생각했는데……."

"민 형사."

"예, 선배님."

"팀장님이 옆에 계셨으면 기가 차셨겠다. 이제 1년 차 주제에 파악은 무슨……."

"죄송합니다……."

"혼내려는 거 아니니까 제발 괜히 넘겨짚지 좀 마라. 나나 반장님도 속았으니까 이런 일로 일일이 기죽지 말라고, 인마."

"알겠습니다."

이거 내가 수사관한테 해주고 싶은 말을 그대로 해주는구만.

"자. 그럼, 잡는 건 박 반장님께 맡겨두고 저흰 저희가 맡은 일을 하죠."

*　　　*　　　*

이자가 김 기사인가? 표정이 굳은 게 단지 우리를 만나서일까, 아니면 숨기는 게 있어서일까.

"반갑습니다. 김홍수 씨 맞으시죠?"

"예, 맞습니다."

"남부지검에서 근무하고 있는 검사 최승민이라고 합니다. 만나뵙자고 한 이유는 아시고 계시죠?"

바싹 마른 그의 외형 때문인지 대답을 하는 그의 눈매가 왠지 날카롭게만 느껴진다.

"예… 헌데, 저분께 말씀드린 게 전부입니다. 왜 또 보자고 하신 건지……."

눈알 굴리는 소리가 들리는 걸 보면… 이거 나도 검사 다 됐나 보구만.

"그냥 한 번 더 확인을 해보려는 겁니다. 아무래도 저희 쪽으로 사건이 넘어왔는데, 검찰에선 전혀 움직이지 않았다는 걸 알면 저희도 상부에 깨지거든요."

“아… 그랬군요.”

조금은 안심을 한 모양인지 그가 안도의 한숨을 내쉬었다.

“그럼 형식적인 질문 몇 가지만 드리고 저흰 물러나겠습니다.”

“예? 예… 그러시죠.”

“강 의원님 살해되던 날 밤 말입니다.”

“예…….”

“그날, 마지막까지 강 의원님을 모신 게 김홍수 씨 맞으시죠?”

“예. 맞습니다. 일정을 마치고 바로 자택으로 모셔다 드렸습니다.”

“그럼, 김홍수 씨가 차 키를 가지고 계셨습니까?”

“제가 갖고 있었습니다.”

“그래요? 강 의원님께서도 차 키를 가지고 계시구요?”

“예, 그러믄요. 강 의원님 차지, 제 찬가요.”

“하긴 그러네요. 헌데 좀 이상하네요.”

“뭐가 말씀이십니까?”

“유 형사가 알아본 바로는 강 의원님의 차량이 김홍수 씨가 말한 시간 이후에도 움직인 것 같은데요?”

“그게 무슨?”

“강 의원님 집 앞에 있는 차량이 원래 강 의원의 차량이 아니란 말이죠.”

“아닙니다! 강 의원님이 돌아가신 후에 경찰들이 왔을 때,

제가 가진 열쇠로 열었습니다! 다른 차량이라니요!"

"그렇겠죠. 자택 CCTV와 주변 CCTV를 대조하지 않았다면 전혀 눈치채지 못했을 테니까요. 정말 교묘하게 조작되어 있었는데 그 당시 해외에 나가 있던 강 의원님의 자제분이 조작을 했을 리는 없고, 김홍수 씨가 안 했다면 돌아가신 강 의원님께서 하셨다는 말인데 그 말을 믿으라구요?"

"정말… 차가 바뀐 겁니까……?"

"예, 바뀌었습니다."

정말 모르고 있는 건가? 아니야. 그럴 리가 없어.

"김홍수 씨."

"예……?"

"강 의원님이 살해당하기 전 누군가를 만나셨죠?"

"모릅니다. 제가 어떻게 그걸 알겠습니까?"

"김홍수 씨!"

"저는 그저 운전만 하는 사람이지, 그분의 비서가 아닙니다! 상식적으로 뭔 일이 있었다면 비서가 알지 제가 알겠습니까!"

범행에 이용된 건 강 의원의 차량이야. 강 의원의 차량 내부까지 속속들이 알고 있는 사람은 이자뿐이고.

"당신 말고 대체 누가! 차량 내부까지 알고 있냔 말이야! 김홍수 당신이 공범이 아니라면 애초에 말이 안 돼!"

"몰라요. 정말입니다. 그날 와이프랑 같이 있었어요. 사모님도 아시는 일이에요. 그런 제가 무슨 CCTV를 조작합니까? 검사가 이렇게 무고한 시민을 범인으로 몰아도 됩니까?"

CCTV가 삭제된 그날, 같은 차량이 이곳에 도착했다는 것 말고는 아무것도 남지 않았어. 기계의 허점을 이용한 범행이라니…….

"가장 믿었던 존재에게 배신을 당한 기분이네요."

"오 수사관님. 저는 그것보단 오늘 김 기사의 입을 열지 못한 걸 두고두고 후회할 것 같습니다."

"글쎄요. 유 형사님, 제가 보기엔 정말 김 기사는 아무것도 모르는 것 같았는데요?"

그럴까? 정말 그자가 공범이 아니라면, 방선준은 대체 어떻게 차량 내부를 알고 있었던 거지? 강 의원의 취향에 의해서 개조된 내부를 말이야.

"검사님은 어떻게 생각하십니까?"

"김 기사가 정말 공범이었거나 뭔가 사실을 알고 있었다면, 그를 너무 얕잡아 본 제 스스로에게 화가 날 것 같네요. 차량이 바뀌었다는 것을 알면 그가 어쩔 수 없이 입을 열 줄 알았는데 말입니다."

어떻게 된 걸까… 김 기사가 정말 무언가를 숨기고 있다면,

그게 대체 뭐지?

*　　　*　　　*

군천항을 다녀온 이후 방선준, 그 망할 운송책 놈을 코앞까지 추적했다고 생각했건만 어느새 덧없이 일주일이란 시간이 흘렀다.

"선배."

깜짝이야. 이 녀석은 여기가 자기 자리라고 생각하는 게 아닌지 모르겠네.

"왜?"

"김 기사 말이에요."

"할 말 있으면 그냥 하면 되는 거지. 뭘 그렇게 눈치를 봐?"

"그게 선배만 괜찮으시면 제가 한번 만나보고 싶어서요."

"니가?"

"네!"

"흐음… 팀장님께는 말씀드린 거야?"

"네. 선배한테 물어보라고 하셔서요."

곽 팀장이 허락을 해주셨으면 뭔가 믿을 만한 구석이 있는 모양이구만.

"그래, 그렇게 해."

"감사합니다~"

"감사는 무슨. 근데, 어떻게 할 생각이야?"

"선배께서 본의 아니게 악역이 되어주셔야 할 것 같아요."

채찍과 당근이라… 고전적인 방법이지만 꼭 그게 나쁘란 법은 없지.

"달래주시겠다. 괜찮네. 생각보다 쉽지 않은 양반이니까 신중하게 다가가."

"예, 그럴게요."

걱정 말라는 듯 웃으며 자리로 돌아가는 지민을 잠시 바라보다 자리에서 일어났다.

"수사관님, 슬슬 일어나죠."

"아… 죄송합니다. 벌써 시간이 이렇게 됐네요."

"괜찮아요. 저도 윤 검사 아니었으면 깜박할 뻔했는걸요."

"그러셨습니까? 저 때문에 괜히 빈말하시는 거 아니구요?"

"차라리 그랬으면 모양도 안 빠지고 좋았을 텐데. 이거 괜한 말을 한 것 같네요."

"그게 소원이시라면, 못 들은 걸로 해드릴 수도 있는데 어떻게 하실래요?"

얼씨구? 내기를 이런 식으로 날로 먹으시겠다……?

"어떻게 따낸 소원인데 이렇게 쓸 순 없죠. 평생 기억하셔도 됩니다. 저도 곧 평생 기억할 만한 추억이 생길 것 같으니까요."

"정말… 제가 아는 최 검사님이 맞는지 모르겠네요?"

"그럼 제가 누구겠습니까?"

"하긴, 이렇게 얄밉게 말씀하시는 분이 검사님 빼고 또 있을 리 없죠."

"과한 칭찬에 제가 몸 둘 바를 모르겠네요."

"나도 자네가 사무실 문 앞에서 농담 따먹기나 하는 걸 보니까 몸 둘 바를 모르겠어."

"죄송합니다."

"농담일세. 헌데, 강 의원의 부인을 만나러 가는 모양이지."

"예, 팀장님."

"그럼 어서 가보게."

내 어깨를 한 번 토닥여 준 곽 팀장이 지나가라는 듯 자리를 비켰다.

"감사합니다. 그럼 다녀와서 보고드리겠습니다."

*　　　　*　　　　*

"수사관님, 이거 꽤나 아쉬워 보이십니다."

"제가요? 그럴 리가요. 직속상관이 혼이 날 뻔했는데 기분이 좋을 리가 없잖습니까……?"

"뭐, 제가 수사관님의 충의는 잘 알죠. 일부러 내기까지 져주셨는데 그걸 모를 리가 있겠습니까."

"검사님……."

"알겠습니다. 제가 좀 짓궂었죠?"

"아신다니 다행이네요……."

입술이 또 댓 발 나오셨구만. 이렇게 리액션이 좋으니 놀리고 싶어지는 거라구, 이 아가씨야. 뭐 본인은 아니라고 생각하겠지만.

"그나저나 오늘따라 왜 이리 막히는지 모르겠네요."

"그러게 말입니다. 어렵게 잡은 약속인데 이러다 지각을 할지도 모르겠습니다."

"부인 성격상 만나주지 않을 리는 없겠지만, 이거 슬슬 불안하지네요."

이제 고작 3시인데, 어째 한 발자국 가려면 한 세월이구만.

"누가 보면 퇴근 시간인 줄 알겠습니다."

"그나마 목적지 근처인 게 다행이라고 봐야죠."

휴… 다행히 늦지는 않은 것 같네.

"하아… 볼 때마다 느끼는 거지만, 참 세상 불공평한 것 같습니다."

조금 전까진 연신 시계만 보던 아가씨가 저런 말을 하는 걸 보면, 이제야 여유가 생겼나 보구만.

"글쎄요. 노력 없이 이루어지는 게 없지 않습니까? 혹시 압니까? 수사관님도 훗날 저런 집에서 살게 될지."

"지금 봉급으론 죽을 때까지 모아도 안 될 것 같은데요?"

"노력한다면 하늘이 돕지 않겠습니까?"

"어떻게요?"

"수사관님 지갑 속에 고이 모셔져 있는 로또가 당첨된다거나?"

"제가 로또를 가지고 있는 건 어떻게 아셨습니까?"

"저도 지갑 속에 로또가 있으니까 알죠. 사실 그게 또 사는 낙 아니겠습니까?"

"글쎄요… 저는 그저 희망 고문을 당하는 느낌인데요."

"그럼 미리 로또 당첨된 기분을 느껴보죠."

"안으로 들어가자고 하시면 화낼 겁니다."

"수사관님께선 여기서 기다리세요. 다녀오겠습니다."

"하아… 정말… 못 말리겠네요."

어이가 없다는 듯 고개를 몇 번 젓던 수사관이 초인종을 눌렀다.

띵동. 띵동.

—누구세요.

"안녕하십니까. 남부지검 최승민 검사입니다."

—아, 시간에 딱 맞춰오셨네요. 문 열었으니 들어오세요.

"그럼 실례하겠습니다."

여전히 화려한 저택이구만.

"오늘 밤엔 물이라도 떠놓고 빌어야겠습니다."

"오랜만에 수사관님과 마음이 통했네요. 저도 그러려구요."

허어? 현관문으로 향하는 내내 입술을 앙다문 채 걷고 있는 수사관을 보니, 이 아가씨 농담이 아닌 모양인데?

"왜 그러십니까?"

"아, 아닙니다. 어떻게 부인께 묻는 게 나을까 생각 좀 정리했습니다."

"그래서 뭔가 떠오르셨습니까?"

"괜히 돌려 말했다간 저분 기분만 상하게 할 것 같아서 그냥 단도직입적으로 물어보려구요."

현관에서 미소를 지은 채 우릴 반기는 부인을 본 수사관이 고개를 끄덕이며 맞장구를 쳐왔다.

"제 생각도 그러는 게 나을 것 같습니다."

그나저나 여전히 고우신 분이네.

"오랜만이에요. 최 검사님, 오 수사관님 두 분 모두 반가워요."

"오랜만에 뵙습니다. 사모님."

"추울 텐데 일단 안으로 들어오세요."

또 홍차인가……?

"최 검사님께선 역시 입맛에 안 맞으시는 모양이네요."

"아닙니다."

"그래요? 저번에도 그리 말씀하시고선 많이 안 드시던데 제가 착각한 건가요?"

호오. 그런 사소한 것까지 기억하고 있을 줄은 몰랐는데?

"죄송합니다. 실은 제가 떫은맛을 싫어해서요."

"괜찮아요. 뭐 다른 차 좋아하는 거라도?"

"아닙니다. 괜찮습니다."

"그건 집주인인 제가 괜찮지 않을 것 같은데요."

"그럼 커피로 주십시오."

"자요."

"잘 마시겠습니다."

선뜻 물어보기 어려운 질문이라 내가 이렇게 말을 돌리고 있는 걸 전혀 모르는 부인은 지금도 어색한 미소를 짓고 있을 내게 물었다.

"어때요? 괜찮나요?"

"예, 훨씬 낫네요. 그럼 슬슬 질문을 드려도 괜찮을까요?"

"그럼요. 근데 알고 있는 건 이미 말씀드려서 괜히 헛걸음을 하시게 만드는 건 아닌지 모르겠네요."

"그럴 리가요. 이렇게 훌륭한 차까지 대접받았는걸요."

"그런가요? 최 검사님 덕분에 마음이 조금은 편해지네요."

"별말씀을요. 헌데, 저 사모님……."

"예? 왜 말씀을 하시려다 멈추시나요?"

"조금 외람된 질문이 될 수도 있어서 선뜻 말씀드리기가 그래서요."

"그이가 필리핀에서 뭔 일을 했나 보군요?"

"어느 정도 비슷합니다."

"저는 괜찮으니까, 편하게 말씀해 보세요."

"후우… 혹시 부군께서 외도를 하신 적이 있으십니까?"

"예? 지금 무슨 말씀을 하시는 건지……?"

"죄송합니다. 사모님께서 그렇게 놀라시는 걸 보면 그러신 적은 없으신가 보군요."

"예, 제가 아는 한 그이는 절대 그런 짓을 할 사람이 아니에요. 근데 왜 이런 질문을 하신 거죠?"

"다름이 아니라, 강 의원님과 필리핀에 함께 다녀왔던 일행들의 증언에 따르면 강 의원님께선 필리핀 현지에서 무언가를 보고 기뻐하셨다고 하는데 저희 추측이 맞다면……."

"누군가를 봤을 거란 말씀이시군요."

"예. 맞습니다."

"흐음… 왜 그런 추측을 하게 된 거죠?"

"그건……."

하긴 그녀가 알아도 달라질 게 없지.

"개인 비서인 윤 비서조차 물리시고 혼자 있고 싶다고 하셨습니다."

"아… 정말 어쩌면 저 몰래 바람을 피우고 있었을지도 모르겠네요."

심각한 말과는 전혀 어울리지 않는 표정인데?

"저번에도 느낀 거지만 정말 최 검사님께선 나이와 어울리지 않게 침착하시네요."

"과찬이십니다. 그저 사모님께서 미소를 짓고 계셔서 농담을 하시는 거라고 여겼을 뿐입니다."

"맞아요. 그이가 정말 바람을 폈다면, 그런 의심스러운 상황 자체를 만들지 않았을 테니까요. 누군가를 만났는지는 몰라도 바람을 피운 건 아닐 거예요."

부군의 대한 믿음이 대단하구만…….

"그렇군요. 사모님, 필리핀에서 강 의원님께서 만날 만한 사람은 없으신 겁니까?"

"예, 저번에 말씀드렸다시피 전혀 없어요."

"그래도……."

"말을 끊어서 죄송하지만, 제 지인들 중 분명 해외에 거주하는 사람들이 많긴 해도 필리핀에 사는 사람은 없어요."

"혹시 강 의원님 지인분들 중에 있지는 않을까요?"

"전에 그이가 저 모르게 필리핀에 다녀왔던 걸 알게 되고 나서 저 나름대로 조사를 해봤는데, 전혀 없더라구요."

"그렇습니까……."

"사모님. 혹시, 과거에 그곳에 살았던 분도 없으신가요?"

수사관의 말에 고개를 갸웃거리던 부인이 이내 고개를 저었다.

"아뇨. 이런 말을 해서 조금 죄송하지만, 제 주변 사람이나 남편 지인들 중에 굳이 필리핀으로 이민을 할 사람은 없다고 봐야 할 것 같아요."

"무슨 말씀이신지 잘 알았습니다. 이거 괜히 저희가 시간을 뺏고 말았네요."

"아니에요."

"그럼 이만 실례하겠습니다."

단서를 찾지 못한 탓인지 올 때와는 다르게 발걸음이 무겁게만 느껴진다.

"역시나네요."

"그러게요. 수사관님. 이거 이런 말을 하긴 좀 그렇지만, 아까 부인의 말이 일리가 있긴 하죠."

"예, 저라도 돈이 있다면 유럽이나 미국으로 가지 굳이 필리핀으로 가진 않을 테니까요."

"저기요!"

뭐지? 저 사람이 뛰어올 사람이 아닌데?

"왜 그러십니까?"

"하아… 그이 생각이 나서 잠깐 앨범을 보다가……."

앨범?

"사모님. 천천히 말씀해 주셔도 되니까, 일단 진정하세요."

"예… 하아… 그게… 지금은 잘 모르겠지만, 필리핀으로 가셨던 분이 있었던 것 같아요."

그래?

"그게 누굽니까?"

"정 의원님의 사모님이요. 영민 군이 세상을 떠나고 나서, 정 의원님과 이혼을 하고 필리핀으로 갔다는 말을 들었던 것 같아요."

영민 군?

"혹시 이번 살인 사건의 첫 피해자인 정영민 군을 말씀하시는 겁니까?"

"예, 맞아요. 참 착한 아이였는데… 이곳에도 많이 놀러왔었거든요."

3장

생존자

"검사님, 정말 강 의원이 필리핀에서 목격한 사람이 정 의원의 부인이었을까요?"

"글쎄요. 일단은 그 부인이 아직도 필리핀에 있는지부터 알아보는 게 빠르지 않을까요?"

정 의원의 부인을 봤다면, 필리핀에서 강 의원이 기뻐한 이유는 단순히 오래된 지인을 만났기 때문이란 건데…….

이렇게 되면 필리핀에서 강 의원의 행동은 그가 살해된 것과는 무관하단 이야기구만. 대체 무슨 원한을 진 겁니까……. 수십 년 전 무슨 일이 있었길래 오태석의 원한을 산 거냐고.

이 양반아.

—지이잉 —지이잉.

"검사님, 핸드폰이 울리는 것 같은데요?"

"예, 죄송합니다."

누구지? 곽 팀장?

"여보세요."

—그래? 혹시 설 부인과 만나고 있나?

"아니요. 방금 전에 끝났습니다. 말씀하십시오."

—다행이구만. 다 끝났으니 서로 복귀하게.

"예? 다 끝나다니요?"

—이 사람아. 방선준의 위치를 알아냈다는 거잖나.

"대체 어떻게 말입니까?"

—목격자가 있었네.

"목격자요?"

—현상 수배 몽타주와 똑같은 놈이 허름한 창고로 들어가는 걸 봤다는구만.

"그게 정말입니까?"

—그렇대두.

"어디에서 말입니까?"

—서울 금천구 지역이네.

서울? 너무 예상 밖의 장소인데?

—이 사람아. 물어봐 놓고선 왜 말이 없나?

"죄송합니다. 너무 생각 외의 장소라서요."

—생각 외라? 어째서 그렇지?

"강 의원 살해 사건 때문에 서울 지역은 위험하다는 길 파악하고도 남을 자가 서울에서 범행을 벌이려고 했다는 게 조금 이상합니다. 오히려 은신처가 있는 평택 지역 쪽에서 범행을 벌일 거라고 예상했었습니다."

—그러니 더 서울 쪽으로 이목을 집중시키려고 하지 않았을까 싶네. 상대적으로 다른 곳들은 수사망이 느슨해질 테니, 추가 범행을 벌이거나 혹은 도주하기에도 용이할 테고 말이야.

하긴, 여태껏 놈의 행적을 보면 충분히 일리가 있는 말이야.

"팀장님 말씀이 맞는 것 같습니다."

—그럼 어서 복귀하게. 놈이 잡히면 할 일이 태산일 텐데, 윤 검사 혼자서 그걸 어떻게 감당하겠나?

"알겠습니다."

잠깐 곽 팀장은 지금 어디 있는 거지?

"근데, 팀장님께선 지금 사무실에 계신 게 아니신 겁니까?"

—아… 박 반장에게 놈의 검거를 지시한 후 나도 현장으로 가고 있는 중이네.

"아, 그러셨군요. 그럼 바로 사무실로 복귀하겠습니다."

—그래. 혹시 기자들에게 연락이 오면 수사 중이라고만 말하게.

"그렇게 하겠습니다."

통화를 마치자 수사관이 이게 대체 무슨 일이냐는 듯 흥분한 목소리로 내게 물었다.

"검사님, 지금 제가 들은 게 맞는 겁니까?"

"예. 아마도 오늘 내로 이번 사건을 마무리할 수 있을 것 같습니다. 뭐, 언제나처럼 뒤처리로 인해 더 바빠지겠지만요."

"그런 고통이라면 충분히 감내할 수 있을 것 같네요. 어디서 놈을 발견했답니까?"

"서울 금천구 지역이라고 하시더군요."

"금천구요?"

오늘도 우리 수사관의 호기심이 발동을 한 건가. 하긴 이러지 않으면 오히려 섭섭하지.

"예, 제가 듣기로는 그렇습니다."

"놈을 체포하는 걸 직접 보고 싶었는데 아쉽네요."

"그러게나 말입니다."

"그렇게 저희의 골머리를 썩인 놈이 이렇게 허무하게 잡히다니 세상은 참 알다가도 모르겠습니다."

"수사관님, 말씀처럼 이대로 수갑을 찬 놈을 보면 왠지 축 처질 것 같습니다."

"오히려 눈앞에 쌓일 서류의 양 때문에 축 처질 것 같은데요?"

"그럴지도 모르겠네요. 하아… 저번처럼 누가 또 대신 사건 안 맡아가나……."

말을 마치고 수사관과 눈이 마주친 순간, 우린 웃음을 터뜨렸다. 그녀도 나처럼 방금 전까지만 해도 사건 해결을 위해서 동분서주하던 게 떠올랐던 걸까?

뭐, 그것까진 알 수 없지만 수사관을 보니 악몽을 꾸었다던 그녀도 오늘은 편히 잠이 들 것만 같다.

"오랜만에 신나게 웃은 것 같은데, 이제 슬슬 들어가죠."

"예, 검사님."

검찰청으로 돌아가는 차 안에선 방선준이 어떻게 강 의원을 죽였을까로 추측들이 난무했다.

"글쎄요, 수사관님. 그건 너무 허무맹랑한 소리 같은데요?"

"허무맹랑한 소리라뇨?! 제가 봤을 땐 방금 전에 검사님께서 하셨던 말씀도 별로 다를 게 없을 것 같은데요?"

하여간, 한마디를 안 지는구만.

—지이잉 —지이잉

"팀장님께서 연락을 하신 것 같으니, 이 이야기는 통화 후에 다시 하죠."

"그러시던가요."

조금 전 일 때문에 삐쳤는지 말을 마친 수사관이 고개를 홱 돌려 창밖을 바라봤다.

"여보세요."

—안녕하십니까. 검사님.

음? 곽 팀장이 아닌가? 황급히 핸드폰을 들여다보자 민 형사의 번호가 찍혀 있었다.

"예, 민 형사님. 혹시 방선준을 체포한 겁니까?"

—아니요. 그게 아니라, 그자가 차를 타고 도주를 하는 바람에 남은 저와 유 형사님을 뺀 다른 인원들은 체포를 위해 현장을 벗어났습니다.

"아… 그랬습니까?"

—예. 유 형사님께서 검사님께 보고를 드리라고 해서 이렇게 연락을 했습니다.

"바쁘실 텐데 감사합니다. 근데 민 형사님과 유 형사님께선 왜 그곳에 계신 겁니까? 혹시 공범이라도 있었던 겁니까?"

설마 하며 물었는데, 그게 현실이 될 줄이야…….

—예. 피해자의 말에 의하면, 도주한 방선준보다 나이가 있어 보이는 공범이 있었다고 했습니다. 그래서 유 형사님께선 주변을 둘러보고 계십니다.

피해자?

"피해자라면, 이번에 놈들에게 잡힌 사람인가요?"

—그게 그렇지 않은 것 같습니다.

뭐?

“그게 무슨 말씀이십니까?”

—몇 년째 감금을 당했다고 했습니다. 그 충격 때문인지 말조차 제대로 하지 못하고 있어서 정확한 사정은 모르겠지만, 손가락이 잘린 곳이 아문 걸 보면 피해자의 말이 사실인 것 같습니다.

손가락이 잘린 곳? 이 개자식들… 사람을 감금까지 했던 건가? 하긴… 인신매매까지 아무렇지 않게 한 놈들이 꺼릴 게 뭐가 있었겠어.

“피해자의 나이가 어떻게 됩니까?”

—그게 방금 말씀드린 것처럼 피해자분께서 패닉 상태여서 질문을 할 수 없는 상황입니다.

“민 형사님께서 보시기엔 어떻습니까?”

—예? 제가요? 그게… 이십 대 초중반 같습니다.

“피해자 분께서 여성이신가요?”

—아니요. 남성분이세요.

“그렇군요. 피해자께선 다친 곳은 없습니까?”

—예, 검사님. 몸 군데군데 긁힌 상처 빼고는 없습니다.

“그거 듣던 중 다행이네요. 오태석이가 돌아와서 무슨 짓을 할지 모르니, 지원 병력을 불러 피해자부터 안전한 곳으로 이송하는 게 나을 것 같을 것 같네요."

—알겠습니다. 유 형사님께 말씀드리겠습니다.

"그럼 조금만 더 고생해 주세요."

—예, 들어가십시오.

"혹시 범인을 놓친 겁니까?"

불안한 눈빛으로 수사관이 물어왔다.

"아니요. 추적 중이랍니다. 헌데, 오태석이도 한국에 있는 모양입니다."

"하긴 오히려 없는 게 더 이상하겠죠. 어쩌면 초반에 벌어졌던 사건들은 오태석이가 방선준을 위해서 벌였을 가능성이 높지 않겠습니까?"

그게 사실이라면 참 눈물 나는 우정이구만…….

"수사관님 말씀대로 그게 맞겠죠. 군천항에서 체포당할 뻔한 방선준이가 쉽사리 움직였을 리 없을 테니까요."

"예, 근데 검사님. 민 형사님께서 피해자 나이가 어떻게 된다고 하셨습니까?"

"음, 피해자분께서 오랜 감금 생활로 인해 정신적인 문제가 좀 있으셔서 직접 듣지는 못하셨다고 하는데, 민 형사님께서 추측하신 바로는 20대 초중반이라고 하시더군요."

"흐음……."

"왜 그러십니까?"

"이상해서요."

"뭐가 말입니까?"

"다른 피해자들은 모두 살해를 했는데, 왜 이번 피해자만 감금을 해놨을까요? 게다가 잘린 손가락이 아물었다면 꽤나 오랜 시간 감금을 했다는 말이잖습니까?"

"그러네요. 왜 그랬을까요?"

"어쩌면 방선준과 오태석이가 친해진 계기가 개인적인 성향 때문일지도 모르겠습니다."

개인적인 성향?

"그게 무슨 말씀이십니까?"

"제 입으로 말씀드리기는 좀 그렇지만, 전에 강혁범에게 방선준이 보낸 편지를 봤을 때 검사님께서 말씀하신 것처럼 남성을 좋아했던 게 아닐까요?"

그건 그냥 농담이었는데? 잠깐…….

"정영민 군이 살해당했을 당시, 주변에 옷가지가 널려 있었다는 걸 보면 충분히 설득력은 있는 이야기이긴 하네요. 곧 피해자분께서 남부 경찰서로 이송될 테니 조심스럽게 말을 꺼내봐야겠습니다."

강 의원이나 중간에 벌였던 살인들은 수사를 어렵게 만들기 위해 했던 일들일까? 그렇다면 뻔히 추격을 당하는 와중에 놈들은 왜 그런 짓을 벌인 거지?

"놈들이 정말 그런 성적 취향을 가지고 있었다고 해도 조금 이해가 안 되네요?"

"어떤 점이 말씀입니까?"

"왜 지금 이런 짓을 벌인 걸까요?"

"도주를 하려고 했던 게 아닐까요? 그래서……."

수사관이 차마 입이 떨어지지 않는 듯 말을 잇지 못했다.

"그러니까… 거추장스러운 존재를 없애려고 했다는 겁니까?"

"예… 검사님. 불쾌하셨다면 죄송합니다."

"아니요. 수사관님께서 죄송해할 이유가 없잖습니까. 정말 그런 이유로 금천구에 나타난 것이라면, 이 인간 말종 같은 놈들을 절대로 놓쳐선 안 될 것 같습니다."

"박 반장님께서 움직였으니 놈들이 포위망을 빠져나가진 못할 겁니다."

"그렇겠죠."

—지이잉 —지이잉.

"사건이 끝나가니, 핸드폰이 아주 불이 나네요."

"그만큼 검사님께서 이번 사건의 중심에 계셨다는 거잖습니까."

"그런가요? 딱히 뭔가 한 것도 없는데요."

"그런 말씀은 회식에서 하시고 일단 전화부터 받아보시죠."

"옙. 여보세요."

—여보세요. 안녕하세요, 최 검사님.

"다나 씨도 안녕하시죠?"

—그럼요. 근데 바쁘신가요?

"아직은 괜찮습니다."

—아직이라니요?

"사무실에 도착하면 바빠질 것 같아서요."

—그게 무슨 말씀이신가요?

"곧 이번 사건의 범인이 곧 잡힐 것 같습니다."

—정말인가요?!

"예, 지금 남부 경찰서 강력팀이 추적 중입니다. 근데 무슨 일 때문에 전화를 주셨습니까?"

—최 검사님께서 이번에 새로 보내주신 증거 분석 결과가 나와서 연락을 한 건데, 범인을 추적 중이라니 제가 헛고생을 했나 보네요.

"그럴 리가 있겠습니까. 잡혀도 증거가 있어야 죄를 엮을 수 있지 않겠어요?"

—그러네요. 근데 당연히 방선준은 범인이 아닐 텐데. 진범은 누구였나요?

뭐?

"지금 뭐라고 하셨습니까? 방선준이 범인이 아니라니요?"

—어? 지금 추적 중인 자가 혹시 방선준인가요?

"맞습니다. 방선준을 서울 금천구 근처 폐공장에서 봤다는 목격자의 증언대로 놈을 추적했었습니다."

—그곳에 놈이 있었구요.

"예, 직접 본 건 아니지만, 저희 팀장님께 그렇게 들었습니다. 놈이 도주를 해서 지금 추적 중인 상태구요."

이 불안감은… 대체 뭐지?

"다나 씨, 뭐 때문에 그런 생각을 하셨는지 알 수 있을까요?"

—어디서부터 말씀을 드려야 할지 모르겠네요. 실은 첫 번째 살인 사건인 정영민 군을 살해한 범인과 지금 손가락 살인마라고 불리는 인물이 동일 인물일 수도 있다고 생각했거든요.

같다니?

"그게 무슨 말씀이십니까? 분명 신발 사이즈도 보폭도 전부 다르다고 하지 않았습니까? 이제 와서 동일 인물이라니요?"

—그러니까…….

잠깐… 공범이 있다고 했지. 그게 오태석이라면 홍다나 씨가 말한 것도 일리가 없진 않아.

"말씀을 끊어서 죄송하지만, 현장에 있는 형사의 말로는 오태석이와 같이 범행을 벌인 것 같다고 하더군요. 직접적으로 행동을 한 것이 오태석과 방선준이가 보조를 맞췄던 거라면 그럴 수 있겠군요."

—그럴 수도 있죠. 헌데, 신발 사이즈가 다른 건 설명이 되지 않아요.

갑자기 신발 사이즈라니…….

"그 말씀이 정확이 무슨 뜻입니까? 그런 건 놈들이 의심을 피하기 위해서, 아니면 수사의 혼동을 주기 위해서 신발을 한 사이즈 더 큰 걸 신으면 되는 일 아닙니까?"

—그런 의미가 아니에요. 보폭, 바닥에 찍힌 압력, 그리고 발 뒤꿈치를 살짝 끄는 습관까지 범인의 발 크기가 같다면 전부 정확히 일치해요. 근데 이상한 건 그것뿐만이 아니에요. 첫 번째 범행에서 발견된 신발 사이즈가 더 작았어요. 이건 범인이 그 당시에 성장기가 아니라면 있을 수 없는 일이에요. 아니면 애초에 인간이 아니던가.

지금도 이렇게 버젓이 존재를 드러낸 놈이… 인간이 아닐 리가 있나. 대체 어떻게 된 거지? 잠깐… 설마? 그럴 리가…….

—최 검사님?

불현듯 뇌리를 스치고 간 상념에 말문이 턱 막혀왔다. 만약 내가 지금 떠올린 것들이 사실이라면…….

—최 검사님……?

"다나 씨, 죄송하지만 통화는 여기까지 해야 할 것 같습니다."

—갑자기 그게 무슨… 하, 뭔가 알아내신 모양이네요.

"그렇긴 한데, 제 추측이 틀렸길 바랄 뿐입니다. 그럼 이만."

"검사님, 표정이 안 좋으십니다. 무슨 일이신데 그러십니까?"

"수사관님, 설명드리고 싶지만 지금은 우선 유 형사님께 연락부터 해주세요."

"그래도 무슨 일인진… 알겠습니다."

말없이 핸드폰을 귓가에 댄 내 모습을 본 수사관이 말을 멈추고 자신의 바지춤으로 손을 가져갔다.

—띠리리 —띠리리.

제발… 제발…….

—상대방이 전화를 받지 않아 소리샘으로 연결됩니다.

젠장! 민 형사님, 제발요!

"여보세요?"

옆에서 들려오는 수사관의 목소리에 나도 모르게 한숨을 내쉬고 말았다. 휴… 그저 내 착각이었나…….

"예. 알겠습니다. 그렇게 전하겠습니다."

"유 형사님께서 뭐라고 하시던가요? 민 형사님 핸드폰 배터리가 떨어졌다고 하십니까?"

"아뇨. 유 형사님께선 전화를 받지 않으셨습니다."

"예? 그럼 방금은 누구랑 통화를 하신 겁니까?"

"곽 팀장님께서 연락을 하셨습니다. 도주한 차량 운전자를 검거했는데, 방선준이 아니랍니다. 자세한 건 지금 알아보고 있는 중이시라고 하던데요."

끼이익……!

"검사님? 지금 뭐 하시는 겁니까?!"

갑자기 차량이 급정거를 한 충격에 비명을 지르던 수사관이 숨을 고르며 성을 냈다.

"검사님! 제 말 듣고 계신가요? 아무리 차량이 없다고는 하지만 이러시면 안 됩니다. 이건 불법입니다!"

"제가 무슨 짓을 하고 있는지 잘 알고 있습니다."

"불법 유턴을 하시고 계신 분께서… 하실 말씀은 아닌 것 같습니다만……."

"지금은 이게 최선이라서요."

"대체 무슨 일이길래 그러십니까?"

"민 형사님과 유 형사님께서 위험에 처했을지도 모릅니다."

"예?"

"죄송하지만, 여기서 이러고 있을 시간이 없습니다. 곽 팀장님, 아니, 누구라도 좋으니까 금천구 폐공장 정확한 위치 좀 알아보세요."

"검사님, 일단 진정하시죠. 왜 두 분이 위험하다는 건지 말씀을 해주셔야 제가 따르지 않겠습니까……."

"수사관님! 제발… 부탁드립니다……."

"하아……."

4장

위기

"됐죠. 저기 보이네요. 이제 말씀해 주세요, 검사님. 말씀 안 해주신다고 차가 더 빨리 가지는 않습니다."

"어쩌면, 아니… 돌아가는 상황으로 봐선 맞을 겁니다. 지금까지 저흰 범인의 그림자조차 쫓지 못했습니다."

"오태석의 발자취를 쫓아서 드디어 운송책이 방선준이었다는 걸 알아냈는데 이제 와서 그게 무슨 말씀입니까?"

"제 추측이 맞다면, 그 둘은 이미 죽었을 겁니다. 그리고 저희가 쫓는 놈 역시 산 자가 아닙니다."

"산 자? 그럼 무슨 귀신이라도 된다는 겁니까?"

귀신이라……? 오히려 악마라고 해야겠지.

끼이익!

"여기서 기다리세요."

"아니요. 저도 같이 가겠습니다."

이 아가씨가 정말…….

"그래요. 그럼 그렇게 하죠. 대신, 박 반장님께 연락 좀 하고 와주세요."

"뭐라고요?"

"5분 후에 저한테 연락 좀 해달라구요."

"그렇게만 전달하면 되겠습니까?"

내가 아는 박 형사님이라면, 그게 무슨 말인지 알고도 남을 양반이지.

"예. 부탁합니다."

"통화를 마치는 대로 바로 따라가겠습니다."

낮인데도 불구하고 왜 이리 음침하게만 느껴지는 걸까? 눈 앞에 보이는 그리 크지 않은 폐공장을 본 첫 느낌이었다. 천천히 알 수 없는 불길함이 감도는 공장으로 한 걸음, 한 걸음 다가갔을 때, 녹슨 철문 너머로 찰그락거리는 마찰음과 함께 여성의 낮은 신음 소리가 들려왔다.

"아… 하아… 하아……."

이건?

"괜찮으십니까?"

내가 무슨 말을 하는 걸까? 하지만, 전혀 괜찮아 보이지 않는 그녀에게 건넬 다른 말은 떠오르지 않았다.

"최 검사님… 유 형사님께서 위험하세요……."

고통이 밀려오는지 인상을 찌푸린 채 힘겹게 말을 잇는 그녀의 입을 막았다.

"알겠으니까… 민 형사님, 진정하시고 움직이지 마세요."

귀에 거슬리던 찰그락거리던 소리의 정체가 이거였나?

조금이라도 민 형사를 편하게 해주고 싶었지만 그녀는 왼손과 연결된 수갑으로 인해 앉지도, 그렇다고 완전히 서 있지도 못하는 상태였다. 이 많은 파이프들 가운데 하필 어중간한 높이에 수갑이 채워진 것이 우연이었을까? 개자식…….

"죄송합니다. 제가… 좀 더 주의를 기울였더라면… 알 수 있었을 텐데… 그 피해자라는 사람의… 신발을 보고 알아챘을 땐 너무 늦은 후였습니다."

신발?

"많이 아플 수도 있습니다."

민 형사가 말을 하는 와중에도 점점 붉게 물들어가는 흰색 파카를 걷어내고 응급처치를 위해 상처 부위를 옷으로 감싸자 그녀의 입에서 비명이 터져 나왔다.

"검사님, 대체 무슨 일입니까? 어머! 민 형사님!"

눈앞에 상황을 보고 황급히 달려온 수사관이 내게 물었다.

"제가 도와드릴 일이라도 있을까요?"

"일단 119에 연락해 주시고 도착할 때까지 민 형사님께서 정신을 잃지 않게 해주세요."

"검사님께서는요?"

"유 형사님을 찾아봐야죠. 민 형사님, 유 형사님께선 어디로 가셨습니까?"

힘겹게 손을 든 민 형사가 공장 반대편 입구를 가리켰다.

"알겠습니다. 아… 수사관님."

"예? 예… 말씀하세요."

"이대론 민 형사님께서 버티지 못하실 겁니다. 제 차 트렁크에 박스가 있으니."

"무슨 말씀이신지 알겠습니다. 걱정 마시고 유 형사님을 찾아보세요."

수사관에게 고개를 끄덕이고 유 형사를 찾기 위해 움직이던 내 발치에 뭔가 치였다.

아주 산산조각이 났네. 곰 인형 액세서리가 달린 걸 보면 민 형사의 핸드폰이 분명했다.

그것을 지나쳐 제발 유 형사만큼이라도 무사하기를 바라며 조심스레 반쯤 열려 있는 문틈을 통과했다.

"대체 어디 있는 거야?"

—띠리리 —띠리리

저쪽인가? 그리 멀지 않은 곳에서 반가운 핸드폰 벨소리가 들려왔다. 하지만 반가움도 잠시, 벨소리가 들려오는 장소에 도착한 내 눈에 펼쳐진 상황은 그리 좋지 못했다.

"정영민!"

내 외침에 건물 한편에 세워져 있는 곳에다 유 형사를 몰아넣은 채, 복부를 향해 칼을 내지르고 있던 사내가 행동을 멈췄다.

"유 형사한테서 떨어져."

놈은 내 말이 우습다는 듯 유 형사를 발로 걷어찼다.

"안타까워서 어쩌나. 연쇄 살인마 오태석에게 잡힌 피해자가 세상에 다시 나타날 기회를 잃게 됐으니 말이야."

놈의 시선을 돌리기 위한 도발이 먹힌 건지 녀석의 고개가 천천히 내 쪽을 향했다.

"이제 보니까 내가 헛수고를 했던 모양이구만. 그 아가씨는 전혀 내 정체를 모르고 있어서 안심하고 있었는데……."

"다행히 어떤 상황인진 잘 알고 있는 모양이네. 정영민, 이제 다 끝났어."

"반가운 이름이야. 내 이름인데도 참… 오랜만에 듣네~ 대체 얼마만이더라?"

체념한 듯 고개를 숙인 채, 머리를 긁적이던 놈이 갑작스레 몸을 돌렸다.

"어이, 형씨. 세상엔 말이야. 모르는 게 더 좋을 때가 있어. 이렇게 괜히 애꿎은 목숨 날리지 않아도 되고 말이야."

순식간에 거리를 좁힌 놈에게 주먹을 날려봤지만, 주먹은 허공을 가를 뿐이었다.

"폼을 보니 권투를 좀 배웠나 봐? 근데 이걸 어쩌나. 평소에 운동을 좀 했어야지. 몸이 안 따라주시는구만."

"허억……."

놈의 비웃음과 함께 몇 년 전 느꼈던 불쾌한 감촉이 복부를 감싸왔다.

"쪼금 따끔할 거야. 걱정 마. 저 치처럼 금방 편해질 테니까."

거칠게 머리채를 잡은 녀석이 과시라도 하는 것처럼 내게 얼굴을 가까이 들이밀었다.

"팔 좀 놓지? 어차피 결과는 뻔한데 너무 애쓰는 거 아냐?"

이 얼굴 내가 어디서 봤더라?

—띠용 —띠용

"최 검사님!"

"이거 오늘 일진이 너무 사납네."

"내 말이……."

어이가 없다는 듯 피식 웃은 녀석이 거칠게 팔목을 잡은 내 손을 뿌리치고는 그대로 차를 타고 달아나 버렸다.

"괜찮으십니까?"

박 형사님께서 걱정 어린 눈빛으로 내게 물었다.

"저는 괜찮습니다. 유 형사님은 어떠신가요?"

"숨은 쉬고 있긴 한데, 많이 안 좋아 보입니다. 그나저나 죄송합니다. 제가 좀 더 일찍 왔어야 했는데……."

"덕분에 이렇게 목숨을 건졌는걸요. 그리고 박 반장님 성격이면 전화를 받자마자 오셨을 것 같은데 아닌가요, 김 형사님?"

"맞습니다. 그래도 팀장님 재촉에 신호까지 무시해 가면서 오길 천만다행입니다."

* * *

"아……."

"정신이 좀 들어?"

어머니? 병원인가?

"엄마가 어떻게 알고 여기까지 오셨어요?"

"어떻게 알긴! 오 수사관인가 하는 아가씨가 연락해 줘서 안 거지!"

"그래도 생각보다 괜찮나 보구나."

"예. 죄송해요, 아버지. 또 이렇게 걱정을 끼쳐 드렸네요."

"아는 놈이 그렇게 무턱대고 살인범한테 달려들어?"

"죄송해요, 엄마."

"이 여편네야. 재가 그러고 싶어서 그런 것도 아니고, 사람 구하려다가 다친 건데 뭘 그리 화를 내?"

"기가 차서 그렇죠! 검사가 위험할 게 뭐가 있냐던 놈이, 으이구……."

할 말이 없네. 근데 어머니께서 눈을 흘기시는 걸 보니, 하실 말씀이 아직 남은 모양이구만…….

"너, 저번에 엄마한테 뭐라고 했어?"

"제가 엄마한테요? 딱히 별말 한 건 없는 거 같은데요?"

"그래? 너 예슬인가 뭔가 하는 고 계집애랑 무슨 사이야?"

"알잖아요. 친구……."

"친구? 너 수술실에 들어가 있던 내내 대성통곡을 하던 애가 친구라구?"

"하여튼… 이제 막 수술 끝난 애한테 그런 걸 물어야겠어. 애인이면, 때 되면 저놈이 어련히 알아서 소개시켜 줬을 걸 꼭……."

"당신은 가만히 좀 있어봐요!"

"진정하세요. 엄마 말씀대로 사귀는 사이에요. 말씀 못 드린 건 죄송해요."

아… 중학생 때 이후로 어머니한테 오랜만에 머리를 쥐어 박히네. 하여간 그렇게 걱정스러운 눈빛으로 바라보실 거면 때리지나 마시지. 괜히 내가 미안해지게…….

"근데 제 걱정은 안 되세요?"

"에휴… 안 됐으면 여기까지 왔겠어? 아들 키워봐야 헛것이라더니 지 엄마를 홀랑 속여놓고 뚫린 입이라고 말은 잘해요."

"당신이 다짜고짜 구박만 하니 얘가 섭섭해서 그러는 거지 뭘. 저번에 중국 갔을 땐 효자가 따로 없다고 그렇게 떠들어 놓고는."

"속상하니까 그런 거죠. 거길 왜 가서는. 으휴……."

똑똑.

"실례합니다. 안녕하십니까."

"안녕하세요. 근데 누구신지?"

이거, 이거. 곽 팀장이 천사로 보이는구만.

"저희 팀장님이세요."

"그래? 아이구, 안녕하세요. 바쁘실 텐데 여기까지 다 오시고……."

"어이구, 그런 말씀 마십시오. 당연히 와봐야지요."

부모님과 잠시 인사를 나눈 곽 팀장이 걱정스러운 말투로 내게 물었다.

"그래, 몸은 좀 괜찮나?"

"예, 걱정해 주셔서 감사합니다. 괜찮습니다."

"그럼 잠시 대화를 나눌 수 있겠나?"

"그럼요. 아버지, 어머니. 잠시만."

"어… 그래, 우린 이만 가보마."

"당신은 가긴 어딜 간다는 거예요?"

상황을 대충 짐작한 아버지께서 투덜대시는 어머니를 데리고 병실을 나서자, 곽 팀장이 한숨을 내쉬며 물었다.

"도대체 이게 어떻게 상황인 게야? 도무지 알 수가 없구만. 어디 한번 말해보게."

"팀장님, 그전에 유 형사와 김 형사는 어떻게 됐습니까?"

"하아… 둘은 아직 수술 중이네."

"그렇습니까……?"

"너무 걱정하지 말게. 의사 말로는 수술이 잘되면 생명엔 지장이 없을 거라더군."

"그거 다행이네요."

"그래. 자네 말대로 천만다행이고말고. 헌데 문제는 방선준이를 놓쳤다는 걸세."

뭐? 누굴 놓쳐? 대체 수사관은 지금까지 뭘 한 거야? 이미 어두워질 대로 어두워진 창밖을 보니, 더욱더 이 상황이 이해가 되지 않았다.

"예? 방선준이를 놓치다니요?"

"이 사람아, 뭘 그리 놀라?"

왜 놀라긴. 당신이나 오 수사관은 당연히 눈치를 챘을 거라고 여겼으니까 이러는 거지… 대체 박 형사님은 또 뭘 하고 계셨던 거야!

"아닙니다. 잠시 상처가 욱신거려서 말문이 막혔습니다."

"그래? 몸이 안 좋으면 그냥 내일 다시 올까?"

"괜찮습니다. 상황을 보니 한시가 급할 것 같습니다."

"그건 또 무슨 말인가? 방선준이가 어디 있는지 알고 있다는 건가?"

"아니요. 범인은 방선준이 아니라 정영민입니다."

"뭐? 자네 지금 뭐라고 했나? 누구? 정영민?"

"예, 팀장님. 저를 찌른 건 방선준이 아니었습니다."

"아직 마취가 덜 풀린 게야? 정영민은 이미 죽었어, 이 사람아!"

"죽은 척을 했던 겁니다."

"아니, 대체 어떻게 죽은 척을 했다는 게야? 알아듣게 좀 말을 해보게."

"정 의원이 정영민 군이 살해당한 후 호적에서 파냈잖습니까?"

"그랬지. 그렇긴 한데, 그게 왜?"

"강 의원의 부인의 말에 따르면 정영민 군의 모친이 정 의원과 이혼을 하고 간 곳이 필리핀이라더군요."

"뭐?"

"사실 그때, 눈치를 챘었어야 했는데……."

"그럼 지금 정영민의 모친이 필리핀으로 간 것이 정영민을 보호하기 위해서였다는 건가?"

"맞습니다."

"대체 왜? 정영민을 살해하려고 했던 건 오태석이잖나? 근데, 정영민이가 왜 도망을 가?"

정말 오태석이 살인범이라면, 왜 오태석은 첫 살인 사건의 흔적들을 교회에 그대로 나뒀을까? 그럴 리가. 그건 남기고 싶어서가 아니라 남길 수밖에 없었던 거야. 자신의 손가락이 잘린 악몽 같은 장소로 스스로 걸어 들어갈 자신이 없었을 테니까.

"아마도 그날 살해를 당한 건 정영민이 아니라 오태석일 겁니다."

"이해가 안 되는구만. 그럼 정영민 스스로 자신의 손가락을 잘랐다는 말인가?"

"그건 아닐 겁니다. 오태석이 정영민을 납치해서 손가락을 잘랐겠죠. 그 후에 무슨 일이 있었는지는 모르겠지만, 정영민이 오태석을 살해했을 겁니다. 그것도 아주 잔인한 방법으로요."

"잔인해? 그건 왜인가?"

"그 정체를 알지 못하게 하기 위해 정영민은 자신의 혈흔이 묻은 옷가지들을 주변에 널려놓은 후, 오태석의 시신을 동물의 사체와 함께 불태웠습니다. 왜 그랬을까요? 일반적으로 자신에게 가해진 위협을 피하기 위한 살인 행위였다면, 충분히 정당방위 혹은 과잉방위로 몰고 갈 수 있었을 텐데 말입니다."

"허… 정당방위를 주장할 수 없는 범주였다?"

"예. 게다가 그런 일이 밝혀진다면 정 의원의 정치 인생에도 막대한 타격이 있었겠죠."

"자네 말이 사실이라면, 당시 고등학생이었던 정영민이가 혼자서 그런 일을 생각했을 리는 없고 조력이 있었겠구만."

"그랬을 가능성이 높습니다. 정영민을 잡고 나면, 그다음은……."

"당연히 정 의원을 노려야지. 헌데, 자넨 어떻게 정영민이가 그곳에서 피해자 행세를 하고 있다는 걸 알아낸 건가?"

"팀장님께 놈을 추적 중이라는 연락을 받고 나서 잠시 후에 홍다나 씨가 제게 연락을 해왔습니다."

"그녀가 뭐라고 했나?"

"증거가 이상하다더군요."

"증거가?"

"예, 첫 번째 피해자를 죽인 범인과 다른 피해자를 죽인 범인이 발 사이즈만 일치하면 동일 인물일 가능성이 높다고 했습니다. 근데, 우습게도 첫 살인 현장에 남아 있는 발자국이 작다더군요."

"그 말은……?"

"예. 당시 성인이었던 오태석이는 절대 범인이 될 수 없습니다. 그리고 방선준이가 필리핀으로 갔다고 해도 이미 살해당한 오태석이를 만날 수는 없겠죠."

"허허… 오태석이가 범인이 아니라면 정영민의 손가락을 가지고 있을 수 있는 자는 정영민 본인 말고는 없다는 소리인데… 이거 정말… 기가 막히구만!"

"그 상황에서 강 의원의 부인이 했던 말이 떠올리니, 정말 팀장님 말씀처럼 기가 막히더군요. 강 의원이 머나먼 타지에서 살해된 줄 알았던 정영민이가 살아 있다는 걸 알았다면 얼마나 놀라고 기뻤을까요?"

"그랬을 테지. 게다가 강 의원과 친분이 있던 정영민이라면… 충분히 강 의원에게 접근할 수 있었겠지. 이 악마 같은 자식! 본인 손으로 죽여놓고 군천항에다가는 오 형의 원수라는 쪽지를 남겨놓다니……."

"아까 놈을 상대해 본 결과, 상당히 삐뚤어져 있었습니다. 그리고 이번 사건을 이용해서 다시 자신의 신분을 회복하려고 했던 것 같습니다."

"자신의 신분을?"

"예, 지금 생각해 보면 말이 안 됩니다. 대체 누가 신고를 했던 걸까요? 방선준은 분명 필리핀에서 살해당했을 텐데, 어떻게 방선준을 알아보고 신고를 했단 말입니까. 그것도 저희가 찾기 쉽게 서울 근방에서요."

"허… 젠장! 그래서 놈이 그곳에서 피해자인 척 행세를 했던 거구만. 근데, 그런 일을 꾸민 놈이 대체 왜 자네가 도착하기 전에 민 형사와 유 형사를 해하려고 했던 거지? 뻔히 자신의 정체가 탄로 날 걸 알면서 말이야."

분명 내가 알고 있는 미래에서 형사들이 살해당한 이유와 같겠지…….

"분명 정영민은 민 형사가 자신이 피해자가 아니라는 걸 깨달았단 것을 눈치챘을 겁니다."

"그게 정말인가? 민 형사가 놈이 정영민이라는 걸 알고 있었다고?"

"그건 아닙니다. 놈은 분명 저에게 그 아가씨는 모르고 있었다고 했습니다. 아마도 민 형사는 놈을 방선준이라고 여겼을 겁니다."

"그건 왜지?"

"민 형사는 다친 상황에서도 제가 위험할까 봐, 놈을 발견할 단서를 주기 위해 고통을 참아가며 신발이라는 말을 했었습니다."

"신발? 대체 신발이 어쨌다는 건가?"

"저희가 마지막 피해자의 목격자에게서 받은 증언 있잖습니까?"

"아! 그래, 그래. 그… 조단화인가 뭔가 말인가? 그놈이 그걸 신고 있었던 게로구만."

"예. 팀장님 말씀대로입니다. 그것도 목격자의 증언대로 검은색이더군요."

"검은색? 분명 그 신발은 단색으로는 나오지 않는다고 들었던 것 같은데? 그래서 자네가 수상하다면서 목격자를 다시 조사까지 했잖나?"

"직접 색을 들인 모양입니다. 저 역시 퍼즐 모양의 문양이 아니었으면 알아보지 못했을 정도였으니까요."

"젠장… 이거 하마터면 영영 놈을 잡지 못할 뻔했구만. 최 검사, 고생했네. 편히 쉬고 있게. 곧 좋은 소식을 듣게 될 걸세."

5장

병문안

"어이, 몸은 좀 괜찮냐?"

하아… 참 징한 놈들일세.

"제발 한 번에 좀 오면 안 되겠냐? 꼭 이렇게 따로따로 와서 사람 귀찮게 해야겠어?"

내 말을 무시한 채 침대 옆에 걸터앉은 지훈이 녀석이 손을 내밀며 말했다.

"살 만한가 보네. 전에는 죽은 듯이 누워만 있더만."

"알았으면 그만 가봐라. 근데 그 손은 뭐야?"

"뭐긴, 니 뒤에 있는 음료수 좀 달라는 거지."

"뭐? 사 와도 모자랄 판에 그게 병문안을 와서 환자한테 할 말이야?"

"아, 참. 어차피 배 다쳐서 먹지도 못하잖아. 형이 너 힘들지 않게 치워주려는 거지. 이 하해와 같은 마음이 느껴지지 않냐?"

"다치지만 않았어도 죽빵을 날렸을 텐데… 에휴… 자."

"땡큐. 근데 정말 괜찮은 거야?"

"어. 그러니 너랑 농담 따먹고 있지."

"다행이네. 예슬이가 너 다쳤다고 연락해 놓고 말도 없이 울기만 해서, 얼마나 놀랐는지 모르겠다."

하여튼… 우리 예슬 씨… 아니다…….

"그랬냐? 대신 사과하마."

"사과는 무슨. 예슬이한테 잘해라. 얘가 착해서 말을 안 한 거지, 요새 예슬이가 안 그래도 너 때문에 마음고생이 심했어."

"그게 무슨 말이야?"

"됐다. 남의 연애사에 끼어들고 싶지 않거든. 내 일만 해도 벅찬데. 사실 니 걱정보단 내일 우리 자기 생일 선물을 뭐 해줄까 고민 중이거든."

"그런 건 속으로 좀 말해라. 하여튼 싸가지 없는 건 알아줘야 된다니까. 후우… 아무튼 예슬이가 그랬다고?"

"어, 그러니까 신경 좀 써. 맨날 야근만 처하더니 결국 이게 뭐냐? 에휴… 등신."

"너한테만은 그런 소리 듣기 싫거든. 이번에 잘릴 뻔했다며?"

"시열이가 그러디? 그놈도 참 입이 싸다니까. 뭐, 그냥 상사와 약간 트라블이 있었던 거뿐이니까 그건 걱정 안 해도 돼."

"내가 듣기론 트러블 정도가 아닌 것 같은데?"

"시열이가 오버하는 거야."

"그래. 어쨌든 안 잘렸으면 된 거지 뭐. 오늘 와줘서 고맙다."

"뭐야? 앉은 지 얼마나 됐다고 벌써 쫓아내려고 해?"

"졸려서 그래."

"그래? 그럼 어쩔 수 없네. 그래도 오랜만에 얼굴 보니까 좋다, 야. 이게 얼마만이냐?"

"그러게. 요 몇 달 바쁘다는 핑계로 친구 놈 얼굴도 못 봤네."

"그러니 적당히 좀 해. 너 아니어도 돌아간다? 어?"

"알았어. 몸 나으면 다 같이 모여서 술이나 한잔하자."

"그려. 그럼 푹 쉬고 그때 봅세. 몸조리 잘해라."

"들어가."

하아… 이래서 몸 아프면 고생이라는 건가? 그렇게 누워서 잠만 잤는데 또 눈이 스르르 감기네.

음? 뭐지?

"호오……? 이제 일어나네. 아까부터 흔들었는데?"

누구지? 생소한 목소리에 졸린 눈을 비비자, 상대의 모습이 보였다.

"헬로우?"

젠장… 정영민, 네놈이 여긴 어떻게?

"우리가 그런 말을 나눌 사이는 아니지 않나?"

"글쎄. 초면도 아닌데, 뭐 어때서? 팔자 좋네. 누군 도망자 신세인데, 내 인생을 망쳐놓은 은인께서는 1인실에서 누워 계시고."

"여긴 어떻게 알고 왔어?"

"매스컴 덕분이지. 검사님께서 다치셨다고 아주 공권력이 땅에 떨어졌다면서 열불을 토하던데? 근데 대우가 좋은 걸 보면 당신이 검사인가? 하긴, 형사라고 하기엔 너무 굼뜨긴 하더라."

하아…….

"그래서 왜 온 건데? 자수하러 왔나?"

"참… 대단해. 이 상황에서도 농담을 하시다니 말이야."

"이런 경우가 처음이 아니라서… 게다가 이 몸으로 도망갈 수도 없잖아."

"그렇지. 근데 널스콜은 할 수 있지 않나."

눈치 하난 기가 막히시구만.

"편하게 보내 드리려고 했는데, 이러면 또 말이 달라지지."

말을 마친 놈은 품에서 꺼낸 회칼을 곧장 복부를 향해 내려찍었다.

"하아……."

"호오? 상처가 터진 모양인데 그 몸으로 얼마나 버티시려나."

이렇게 끝인가……? 같은 곳을 세 번이나 찔리게 될 줄은 몰랐는데 나도 참 마지막까지 재수도 없구만.

철컥.

"승민아?"

"들어오지 말고 도망가!"

나의 다급한 외침에도 불구하고 세차게 열린 문은 병실 벽에 부딪힌 충격으로 '쾅' 하는 굉음을 내며 좌우로 흔들리고 있었다.

혹시 박 형사님인가? 한 치의 망설임도 없이 안으로 들어서는 발자국 소리에 일말의 기대를 품고 옆을 돌아보자, 그곳엔 전혀 뜻밖의 인물이 서 있었다.

젠장… 도망가라니까…….

"한현성! 객기 부리지 말고 잡고 있을 테니까 도망가!"

나를 한 번 본 10년지기 친구 녀석이 이제껏 본 적 없는 싸늘한 눈빛으로 정영민을 노려보며 말했다.

"넌 뭐냐?"

제발! 현성아. 니가 아무리 싸움을 잘해도 상대는 현직 형사도 쓰러뜨린 놈이라고…….

"칼 치워라. 죽기 싫으면."

"도망가라고, 등신아!"

"참 눈물겨워서 못 봐주겠네. 보아하니 당신 친구인가 본데, 금방 끝내줄 테니까 검사님께선 잠깐 쉬고 계세요."

가볍게 나를 밀쳐낸 녀석이 가소롭다는 듯 피식 웃으며, 옆에 놓인 꽃병을 들어 내 머리를 내려쳤다.

가죽 장갑?

* * *

"승민아!"

"어라? 많이 놀란 모양인데, 안 죽었으니까 본인 걱정이나 하는 게 어때?"

다행히 승민이 녀석에겐 관심이 없나 보구만…….

"하긴, 그때쯤엔 친구 말을 들을 걸 후회하겠지만."

"어이, 하나만 묻자. 너냐? 저놈 저렇게 만든 놈이?"

당연한 걸 굳이 왜 묻느냐는 듯 가볍게 고개를 끄덕이는 놈의 행동에 치밀어 오르는 분노를 참으며, 주스 상자를 바닥에 내던졌다.

"그래… 고맙다."

"뭐가?"

"뭐긴, 내 눈앞에 나타나 줘서지."

"상황 파악을 못 하는 건지, 멍청한 건지 모르겠네."

어이가 없다는 듯 고개를 흔들며 천천히 걸어오던 녀석이 나를 붙잡으려는 듯 빠르게 왼팔을 뻗어왔다. 그것을 오른손으로 쳐낸 후, 그대로 코앞에 보이는 녀석의 면상을 향해 주먹을 날렸다.

"아……."

"그러게 공격하기 전엔 주둥이를 나불거리지 말고, 상대의 행동을 먼저 봐야지."

"이거 안 놔!"

"너라면 놓겠냐? 칼 버려라. 팔 병신 되기 싫으면."

이런 결과는 전혀 예상치 못했는지, 놈은 악을 쓰며 잡히지 않은 손을 마구잡이로 휘둘러댔다. 역시 미친놈한테 매가 약이지. 잡은 팔을 그대로 끌어 병실 벽에 내리꽂자 충격을 이기지 못하고 놈이 칼을 떨어뜨렸다.

"딱 대. 개자식아."

바닥에 떨어진 칼을 발로 걷어찬 후 녀석의 멱살을 잡고 들어올렸다. 진짜… 운 좋은 줄 알아라. 친구가 검사만 아니었어도 이 정도로 안 끝났어.

쉴 새 없이 날린 주먹 탓에 얼굴이 퉁퉁 부은 채로 기절한 녀석을 내동댕이치고 그대로 승민이 녀석에게 걸어갔다.

"등신… 저런 새끼한테 당할 거면… 싸움은 왜 알려 달라고 했냐?"

저 개자식을 막던 자세 그대로 정신을 잃고 쓰러져 있는 친구 녀석의 머리 주변으로 흩어져 있는 꽃병의 파편을 치우며, 간호사를 호출했다.

삐익.

음? 어쩐지 매가리 없게 쓰러지더라니… 쥐새끼 같이 약아빠졌구만.

뒤에서 조심스레 칼을 집은 녀석은 당연히 나를 찌를 거란 예상과는 달리 승민이 녀석에게 달려들었다.

"멈춰!"

"병신, 당연히 너지. 기절한 놈을 왜 찔러?"

갑자기 몸을 돌려 내 허벅지를 찌른 녀석이 실실 쪼개며 잘 뜨이지 않는 눈을 부릅뜬 채 미친 듯이 칼을 휘둘렀다.

빡!

"하… 고맙다. 새끼야, 이놈 찌르는 줄 알고 내가 얼마나 놀랬는지 알아? 일로 와."

반사적으로 내지른 주먹에 코를 제대로 맞았는지 코피를 줄줄 흘리던 놈이 칼을 내세우며 뒷걸음을 치기 시작했다.

"뭐 하냐? 편하게 해준다며, 설마 다친 놈 하나 상대 못 하는 거야?"

병실 문 앞에 다다른 녀석을 도발해 봤지만, 분한 듯 오만

상을 찌푸린 놈은 한마디를 남긴 채 쏜살같이 병실 밖으로 뛰쳐나갔다.

"승산 없는 싸움은 피하라고 배워서 말이야……."

젠장… 너무 방심했구만. 주먹을 내지를 게 아니라, 발을 걸었어야 했는데…….

이놈 얼굴을 어떻게 보나.

*　　　　　*　　　　　*

"현성아!"

"왜?"

꿈이었나……? 아무 일도 없었다는 듯 평온하기만 한 병실에서 현성이 녀석이 귀찮다는 듯 머리를 긁적이며 이쪽을 바라보고 있었다.

"불렀으면 말을 해야 할 거 아냐?"

꿈일 리가 없는데. 꿈이라면 이 녀석이 여기 있을 리 없잖아?

"어떻게 된 거야?"

"환자분! 괜찮으신가요?"

"예?"

어느새 다가와 나를 살핀 간호사가 다행이라는 얼굴로 한숨을 내쉬었다.

"정말 다행이네요. 이분께 치료 좀 받으시라고 말씀 좀 해 주세요!"

"그게 무슨?"

아… 간호사의 다급한 외침에 욱신거리는 머리를 감싼 채 멋쩍게 웃고 있는 현성일 바라봤지만, 녀석은 다친 곳 하나 없이 멀쩡한 모습이었다.

"이분 빨리 치료를 받아야 한다니까요. 이거 안 보이세요?"

내가 어리둥절해하자 답답하다는 듯 가슴을 두드린 간호사가 손가락으로 병실 바닥을 가리켰다. 젠장…….

"한현성 미친놈아! 다쳤으면 치료를 받아야지 여기서 뭐 하는 거야!"

"그래요! 현성 씨! 말씀대로 환자분도 깨어났으니까, 얼른 치료받으세요!"

"경찰이 곧 온다고 했으니까 경찰이 도착하면 그때 치료받을게요."

"너 인마… 이 피 안 보여? 이러다 큰일 나, 인마!"

"그래요. 경비원들이 문밖을 지키고 있으니까, 안심하시라니까요."

"죄송하지만, 방금 전에 이놈이 죽을 뻔한 걸 봐서 그럴 수 없을 것 같네요."

"하아… 계속 이러시면 강제로 병실에서 쫓아낼 거예요?"

"한현성. 이러다 너 잘못되면 내가 앞으로 널 어떻게 보냐? 치료받고 와."

"하… 그래. 금방 올게. 쉬고 있어."

할 수 없다는 듯 한숨을 내쉰 현성이 녀석이 간호사에게 물었다.

"어디로 가면 됩니까?"

"진작에 이러시지. 따라오세요!"

고통스러운지 잔뜩 인상을 쓰면서도 녀석은 태연한 척 평소의 발걸음으로 간호사를 따라 병실을 나섰다.

하여튼… 못 말린다니까. 근데 현성이 녀석이 대체 어떻게 정영민을 막은 거지? 간호사가 들어와서 도망간 건가?

하지만 내 상념은 오래갈 수 없었다.

"괜찮으십니까?!"

"예, 김 형사님. 친구 녀석이 오는 바람에 놀라서 도망간 모양이에요."

"습격을 해온 자가 정영민 그자 맞습니까?"

"예, 맞습니다."

"그러게 저희가 호위를 붙여 드린다고 그렇게 말씀드렸는데! 왜 고집을 부리셔 가지고……."

"죄송합니다. 설마 놈이 대담하게 이곳까지 찾아올 줄은 몰랐습니다."

"후우… 무사하셔서 천만다행입니다. 박 팀장님께서 얼마나 역정을 내시던지……."

"괜히 제가 폐를 끼치네요."

"에휴, 아닙니다. 저희가 좀 더 신경을 썼어야 했던 건데요. 죄송합니다. 다신 이런 일 없을 겁니다."

"뭐 다 잘됐으면 된 거죠."

"예. 근데, 정영민 그놈이 순순히 물러간 겁니까?"

"자세히 모르겠어요. 저는 기절해 있었거든요."

"아… 그럼 친구분께서 아시겠군요. 어디 계십니까?"

"허벅지에 칼을 찔려서 지금 치료받고 있습니다."

"예? 그럼 친구분께서 몸싸움을 하셨던 겁니까?"

"글쎄요. 제 생각엔 했을 것 같긴 한데, 유 형사님도 당해내지 못했던 자잖습니까. 아마 상황이 좋지 않다고 판단해서 제 친구를 찌르고 도주한 게 아닐까요?"

"흐음… 친구분께서 치료가 끝나면 그때 여쭤봐야겠군요."

"예, 크게 다치지 않은 거면 좋겠는데……."

"아, 죄송합니다… 제가 너무 사건에만 초점을 맞추다 보니……."

"아닙니다. 괜찮습니다."

멋쩍은 듯 머리를 몇 번 긁적이던 김 형사가 서둘러 화제를 돌렸다.

"아. 유 형사랑 민 형사 수술은 무사히 마쳤습니다."

"그래요?"

"예, 근데 아직 의식은 없습니다."

"빨리 깨어나야 할 텐데, 걱정이네요."

"뭐, 의사 말로는 늦어도 오늘 밤엔 깨어난다고 하니까 일단 지켜봐야 할 것 같습니다."

"그래야죠."

"깨어나면 둘 다 검사님부터 찾지 않을까 싶네요."

"왜요?"

"검사님 덕분에 목숨을 구한 거니까요."

"당연한 걸 한 건데요. 형사님들도 제가 위험해 처했다면 달려왔을 거 아닙니까?"

"그렇긴 하지만… 그래도 감사한 건 감사한 거죠. 이 은혜는 잊지 않겠습니다."

"어라? 김 형사님께서 은혜를 갚으실 필요는 없을 것 같은데요?"

"사람 무안하게 왜 그러십니까~"

"농담입니다. 아무튼 다들 무사해서 얼마나 다행인지 모르겠습니다."

"아! 안 그래도 오 수사관님께서 병문안도 못 가서 죄송하다고, 대신 안부 좀 전해달라고 하셨습니다."

"그러고 보니까, 팀장님 빼고는 한 분도 안 오셨네요. 많이 바쁜가 봐요?"

"예. 곽 검사님께서 정영민을 잡기 전까지는 면회 금지라고 엄명을 내리셨답니다."

"예? 왜요?"

"무슨 면목으로 검사님을 보러 가냐면서요. 근데, 제 생각엔……."

"왜 말씀을 하시다 마세요?"

"곽 검사님께 찍히신 거 아닙니까?"

귓속말까지 하길래, 뭔 대단한 말을 하나 싶었더니…….

"그럴 리가요."

"아니, 안 그러면 이럴 이유가 없잖습니까?"

철컥.

"치료받는 동안 내 걱정하면서 전전긍긍하는 거 아닌가 했더니, 누구랑 그렇게 수다를 떨어. 지훈이라도 온 거야?"

"야, 인마. 병실에 누워 있지 링거까지 달고 여길 왜 와."

"조금이라도 성한 놈이 움직여야지. 근데 경찰은?"

"인사해. 같이 일하는 김 형사님이셔."

"아… 죄송합니다. 친구 놈이 온 줄 알고 그만……."

"아닙니다. 괜찮습니다. 검사님 친구분이시라구요?"

"예, 안녕하십니까. 한현성이라고 합니다."

"아이구. 인사가 늦었네요. 남부 경찰서 강력 3팀에서 근무하고 있는 김상현이라고 합니다."

"예. 반갑습니다."

"일단 앉아. 그 몸으로 언제까지 서 있을 거야."

김 형사와 악수를 나누고 뻘쭘하게 서 있던 현성이 녀석이 고개를 끄덕이며 내 옆에 앉았다.

"괜찮냐?"

"어. 별거 아니래. 근육 다친 곳도 없고, 며칠 누워서 푹 쉬면 된다던데?"

"다행이다. 난 또 크게 다친 줄 알고 얼마나 놀랐는 줄 알아?"

"웃기고 있네. 실컷 떠들고 있던 주제에."

"일에 관련된 거였거든?"

"그랬냐? 그랬다면 미안하다."

"저 두 분……."

"아… 김 형사님. 죄송합니다. 이놈한테 물어보세요."

"제가요?"

"예, 왜요?"

"저보단 검사님께서 여쭤보시는 게 나을 것 같습니다. 아무래도 제가 묻는 것보다는 긴장도 안 하실 테구요."

칼을 든 놈 앞에서도 당당히 걸어오던 놈이 긴장은 무슨…….

"나도 그 편이 나을 것 같은데, 이번 기회에 친구 놈이 어떻게 일하는지 확인도 할 겸."

"그래, 마음대로 해라. 어떻게 된 거야?"

"김 형사님, 원래 절차도 없이 이렇게 다짜고짜 묻는 겁니까?"

"그게……."

"아, 따지지 말고 묻는 말에만 대답해. 어떻게 된 거냐고?"

"하여튼 야매 검사 티 내는 것도 아니고… 뭘 어떻게 돼. 너 그 자식이 휘두른 꽃병에 맞고 기절한 건 기억나냐?"

그건 좀 빼줬으면 하는데…….

"그러셨습니까, 검사님?"

"예… 김 형사님. 그랬던 것 같네요……."

참. 체면 살려줘서 얼마나 고마운지 모르겠네…….

"그래서?"

"그래서는 무슨. 다짜고짜 나한테 달려들었지, 뭐."

"그때 허벅지를 찔린 거야?"

"아니, 그대로 날 잡으려고 하던데. 자연스럽게 쇄골 쪽으로 손을 뻗은 걸 보면 한두 번 해본 솜씨는 아니던데?"

"어?!"

"김 형사님, 왜 그러세요?"

"유 형사의 왼쪽 쇄골이 부셔졌거든요."

"그래요?"

"예, 그래서 별다른 저항도 못 하고 당했던 겁니다. 놈은 분명 무술이나 실전 격투기를 배웠을 겁니다."

"김 형사님 말로는 그렇다던데 정말이야?"

"내가 뭘 아냐? 그런 걸 배운 적이 있어야지. 그냥 위험하다는 느낌 정도였어."

"그래? 그래서 놈한테 잡힌 거야?"

"거기서 내가 그 자식한테 잡혔으면, 니가 지금 나랑 이런 대화를 할 수 있을 것 같아?"

"그럼? 어떻게 했는데?"

"뭘 어떻게 해. 손으로 쳐내고 한 방 날려줬지."

"예?"

대수롭지도 않은 일로 왜 이리 유난을 떠냐는 듯 낮은 어조로 현성이 말을 마치자, 김 형사가 멍한 얼굴로 녀석을 바라보며 물었다.

"죄송하지만, 현성 씨. 직업이 어떻게 되십니까?"

"금융 쪽에서 일하고 있습니다."

"아… 그러셨군요……."

"왜 그러십니까?"

이 자식도 참… 이럴 땐 눈치가 없다니까.

"왜 그러겠어. 말이 쉽지. 일반인이 칼을 든 괴한을 상대로 그런 일을 할 수 있을 것 같아?"

"뭐, 그렇긴 하네."

"그렇긴 하네가 아니지… 하여간 싸움 잘하는 건 알았지만 설마 이 정도일 줄은 몰랐다."

"아마 그놈이 정식으로 뭔가를 배웠더라면 내가 졌겠지."

"글쎄요……."

유도, 합기도 유단자였던 동기 유 형사가 맥없이 무너진 탓일까. 김 형사가 그건 아닐 거라는 듯 고개를 흔들며 현성이 녀석에게 물었다.

"지금까지 상황으로만 보면 현성 씨께서 칼에 찔리실 이유가 없어 보입니다만, 제가 잘못 생각한 건가요?"

김 형사의 질문에 머쓱한지 볼을 매만지던 현성이 우리에게 사과를 해왔다.

"죄송합니다. 미안하다, 승민아."

"뭐가?"

이 녀석이 사과를 할 이유는 전혀 없는 것 같은데?

"방심을 하는 바람에 그만… 다 잡은 놈을 놓쳐 버렸어."

"무슨 방심?"

"놈이 기절한 줄 알고 니가 괜찮나 살피는데, 갑자기 칼을 집더니 너를 찌르려고 달려오더라고."

난 또 뭐라고.

"괜찮아. 오히려 내가 너한테 면목이 없다, 야. 친구란 놈이 도움을 못 줄망정 위험에나 빠뜨리고."

"그런 말 마. 오늘 여길 온 걸 얼마나 다행이라고 생각하는지 모를 거다. 아무튼 이게 전부야."

그렇게 말한 현성이 녀석이 민망하다는 듯 내게서 시선을 피했다.

"예전에 너 다쳤을 땐 병문안도 못 와서 휴가까지 내고 왔는데 온 보람이 있네."

"그래, 현성이 니가 괜히 나 때문에 고생 많았다."

"잠시만요. 현성 씨. 과거에도 검사님께 이런 일이 있었던 겁니까? 정말 그런 거라면 너무하십니다~ 검사님!"

"이런 일이 뭔지 모르겠지만 누군가가 승민이를 병실에서 습격한 일이라면 그런 일은 없었습니다, 다만."

"다만, 뭡니까?"

"비슷하게 당한 적은 있어요."

"현성아."

"미안, 내가 말이 헛나갔다."

"혹시 검사님 복부에 있던 흉터와 관련이……."

"김 형사님……."

김 형사가 내 배에 흉터가 있다는 걸 어떻게 알았지?

"죄, 죄송합니다."

"아니요. 근데 제 복부에 상처가 있던 건 어떻게 알았습니까?"

"검사님의 수술을 집도한 의사 선생님께서 전에 다친 흉터 자국이 있다고 말씀해 주셨습니다."

"아… 그랬습니까?"

"그것도 칼에 찔린 흉터일 가능성이 높다고 하셨는데……."

"신경 쓰지 않으셔도 됩니다. 오래전에 강도를 만나서 생긴 겁니다."

"그러셨습니까?! 어휴, 큰일 날 뻔하셨네요."

"그랬죠."

"야, 한현성. 너 왜 그래?"

내 거짓말에 미소를 짓던 현성이 녀석이 갑자기 굳은 표정으로 뭔가를 생각하는 듯 고개를 갸웃거리기 시작했다.

"검사님 말씀처럼 갑자기 왜 그러십니까? 현성 씨."

"아니… 그게… 아깐 그런 걸 생각할 경황이 아니어서 정확한지 잘 모르겠네요."

"뭔데? 일단 뭔지 말해봐."

"승민아, 내가 본 게 정확하다면 그 자식, 지문을 묻히지 않으려고 했던 것 같아."

"지문? 어디에?"

"어디겠냐. 당연히 칼이지."

"칼?"

"어. 가죽 장갑을 끼고 있었던 것 같은데, 잘 모르겠다… 기억이 맞는 건지."

가죽 장갑? 그러고 보니까 내가 기절하기 전에… 그래. 어디서 봤던 것 같다고 생각했었는데…….

"맞을 거다."

"뭐?"

"니 말이 맞을 거라고."

"그럼 검사님께서도 보신 겁니까?"

"예, 기억나요. 꽃병을 맞고 쓰러졌을 때 확실히 봤어요. 그리고 제 기억으로는 한쪽에만 꼈어요. 분명 꽃병을 든 손엔 끼지 않았었거든요."

"그럼… 지문을 조회해 보면, 답이 나오겠군요."

"예, 정 의원을 압박할 좋은 카드도 생기는 거구요."

"문제는… 꽃병은 지금 어디 있습니까?"

"그건, 아까 청소부 아주머니께서……."

"하아… 알겠습니다. 검사님께선 신경 쓰지 마십시오. 오늘 밤을 새워서라도 찾아놓겠습니다."

"미안, 이럴 줄 알았으면 따로 챙겨놓는 건데."

"괜찮아. 목숨 구해준 놈한테 미안하단 소리를 들으면 마음 편하겠냐?"

"알았어, 자식아."

“그럼 두 분께선 말씀 나누십시오. 전 할 일이 좀 있어서.”

“아, 김 형사님.”

“예. 검사님. 무슨 하실 말씀이라도?”

“별건 아닌데, 아무래도 이젠 자신의 정체가 완전히 탄로 났으니 도주를 할 가능성이 높을 것 같아서요.”

“예, 그렇겠지요. 그래서 저희도 놈의 도주로를 차단하려고 노력 중입니다.”

“그곳에 평택도 포함이 되어 있나요?”

“평택이요? 저희가 놈의 은신처까지 왔다 간 걸 아는 놈이 다시 올까요? 게다가 물류항인 평택항 말고는 밀항할 적당한 항구도 없잖습니까?”

“서해라면 중국 어선이 가장 활발하게 움직이는 곳이에요. 물류항이라고 해도 방심을 해선 안 될 것 같아요.”

“흐음… 중간에 배를 바꿔 탈 수도 있다는 말씀이시군요.”

“예, 맞습니다. 그리고 지금까지 녀석이 벌인 행적을 보면 조심해서 나쁠 것 없지 않겠습니까.”

“알겠습니다. 팀장님께 말씀드리겠습니다. 그럼 이만.”

6장

찝찝한 재회

“선배, 이제 괜찮으신 거예요?”

“어, 근데 어쩜 병문안도 한번 안 오더라?”

“말도 마세요. 선배 다치고 나서 지금까지 주말도 반납하고 일했다니까요!”

“당연히 범인을 잡으려면 그런 노력은 해야지. 그럼 그 정도도 안 하고 날로 먹으려고 했냐?”

“아뇨~ 그래서 병문안을 못 갔다는 거죠.”

“근데 사건도 다 마무리됐는데 정영민 그 자식은 왜 아직도 붙잡고 있는 거야?”

"그건 팀장님께서 검사님을 위해 하신 배려이십니다."

"정영민, 그놈의 얼굴이라면 이젠 꼴도 보기 싫은데… 팀장님께서 부담스러운 배려를 하셨네요."

"아… 죄송합니다. 병원에서 있었던 일은 들었습니다."

"수사관님께서 죄송해할 게 뭐가 있겠습니까? 다 제 불찰인데요."

"검사님을 도와주셨던 친구분 성함이 현성 씨 맞으시죠?"

"어라? 수사관님께서 제 친구 이름은 어떻게 아십니까?"

"김 형사님께서 사무실에 올 때마다 검사님 친구분 이야기를 어찌나 하시던지……."

"그랬습니까?"

"예. 정말 금융 쪽에서 일하시는 분이신가요?"

"그럼요."

"흐응, 친구분을 보면, 선배 학창 시절에 어땠는지 대충 감이 오네요~"

"어땠을 것 같은데?"

"무늬만 범생이?"

"뼛속까지 범생이였거든? 안 그랬으면 그놈이 K대에 합격했겠냐?"

"정말요?!"

"어. 그냥 싸움을 잘하는 거지, 먼저 싸운 적은 없는 놈이야."

"선배는요?"

"그놈 덕분에 학창 시절 편하게 지냈지, 뭐."

"정말 학창 시절마저도 딱 검사님다우시네요."

"수사관님, 이거 듣기에 따라 기분 나쁠 수도 있는 그 말씀의 진의가 궁금해지는데요?"

"검사님의 처세술이 뛰어났다는 말이었습니다."

"달리 말하면 잘 빌붙었다는 말씀이시군요."

"뭐… 제 생각과는 다르지만, 검사님께서 그리 생각하신다면 그럴지도 모르겠네요."

그럴지도 모르기는… 할 말을 대신 해줘서 후련하단 얼굴이면서 무슨…….

"왜 그러십니까?"

"왜긴요. 오랜만에 검찰청에 오니까 좋아서 그렇죠."

"그렇겠네요. 어서 오십시오."

"예, 또 힘차게 하루를 시작해 보죠."

어느새 그사이 벌써 3주가 지난 건가. 검찰청 출근 풍경이 낯설게 느껴질 정도라니. 참 시간 빨라.

"어이쿠, 이게 누구야?"

"잘 지내셨습니까? 팀장님."

"그럼, 그럼. 어때? 병원 밥은 입에 좀 맞던가?"

"그럴 리가요. 정말 먹느라 곤욕이었습니다."

"하긴 자네 나이에 거기 갇혀 있는 것만으로도 고문이었을 텐데, 밥맛이 있을 리가 있나."

"예, 이렇게 다시 출근하게 돼서 얼마나 기쁜지 모르겠습니다."

"팀원들이 자네 병문안을 가지 못하게 한 건, 괜히 감정이 앞서서 일을 그르치면 안 되기 때문에 내린 특단의 조치였으니 너무 섭섭해하지 말게."

"그럼요. 덕분에 이렇게 정영민 그놈을 잡을 수 있었잖습니까."

"자네 도움이 컸지. 그놈이 평택에 있을 거란 생각은 어떻게 한 건가?"

"하도 오랫동안 놈을 상대하다 보니까, 왠지 그놈이라면 그럴 것 같더라구요."

"이거, 역시 자네가 있어야 우리 팀이 돌아간다니까. 최 검사, 다시 한번 복귀를 환영하네."

"감사합니다."

"아! 정영민 놈이랑 할 말이 있을 것 같아서 데려왔네만. 내가 괜한 배려를 한 건가?"

"아닙니다. 안 그래도 묻고 싶었던 게 있었습니다."

내 기억이 틀렸길 바랐는데, 이렇게 다시 보니 맞는 모양이구만.

"선배, 괜찮겠어요?"

"수사관님도 옆에 계신데, 당연히 괜찮지. 넌 그만 가봐."

"예, 그럼 고생하세요."

"수사관님, 들어가시죠."

심드렁한 얼굴로 정면을 보고 있는 정영민을 바라보던 수사관이 걱정스러운 눈빛으로 내게 물었다.

"정말 괜찮으시겠습니까?"

"그럼요. 안 괜찮을 이유가 없잖아요."

"알겠습니다. 그럼 들어가죠."

문을 열자, 만사가 귀찮다는 듯 한숨을 내쉬던 녀석이 나를 발견하고는 눈에 이채를 띠며 반겨왔다.

"어라? 이게 누구야? 우리 검사님께서 퇴원을 하신 모양이네."

"뭐, 덕분에 하루 정도 늦어졌지. 그쪽도 다 나았나 보네. 들어보니까 완전 떡이 됐었다며?"

"뭐?"

"뭐긴 뭐야, 직접 당해놓고 왜 모르는 척이야. 그날, 꽃병으로 날 내려치지만 않았어도 좋았을 텐데. 안 그래? 그랬으면 혹시 알아? 내가 말려줬을지."

"그래. 그날은 내가 평정심을 잃어서 실수를 좀 한 건 인정해."

"근데, 이거 어쩌나? 다음은 없는데?"

내 조롱에도 그저 자조 섞인 미소를 지으며 고개를 끄덕였다.

"그렇겠지. 그래서 이렇게 날 놀리려고 왔나?"

"그럴 리가. 네놈이 주둥이를 놀리기 전에 선수를 친 것뿐이야. 불쾌했다면 사과하지."

"사과는 무슨. 당한 놈이 병신이지. 근데, 개인적으로 묻고 싶은 게 있지 않는 이상 그쪽에서 나한테 물어본 건 없는 것 같은데?"

"개인적인 것도 있고, 공적인 것도 있는데 어느 쪽부터 말할래?"

"흐음… 개인적인 건 나중에 듣기로 하지. 서로의 즐거움을 위해서."

"그러지. 검찰의 질문에 대답을 안 한 게 한 가지가 있더만."

"아… 강 의원을 왜 죽였냐고?"

"그렇게 말하는 걸 보면 고의로 말을 하지 않은 모양이네. 이유가 뭐야?"

"한 번쯤 그쪽을 다시 만나보고 싶었거든."

"나를? 왜?"

"개인적으로 묻고 싶은 게 있어서."

"그건 내가 말해주지 않으면 입을 닫겠다는 건가?"

"강 의원을 죽인 이유가 뭐든 간에 이제 와서 별로 상관없잖아, 안 그래?"

"그렇긴 하지. 헌데, 그날 있던 일을 알아야 한 사람을 위증죄로 법정에 세울 수가 있거든."

"아하, 강 아저씨를 모시던 그 운전기사?"

개자식……

"잘 아네. 운전기사가 그날 있었어?"

"그날은 아니지. 처음 강 아저씨를 한국에서 본 날엔 있었지만."

"그거면 충분해."

"위증죄는 법정에서 한 진술만 해당하는 거 아닌가?"

"맞아. 강 의원 사건을 너랑 엮으려면 그자의 진술이 필요했거든."

"이거 내가 당한 모양이네."

"그런 것치고는 별로 놀라는 것 같지 않은데?"

"죄가 추가된다고 뭐가 달라지는데? 허울뿐인 사형제도가 이제 와서 다시 부활할 리도 없잖아."

"그렇긴 하지."

"오호? 의외네. 날 죽이고 싶지 않은 모양이야?"

"글쎄. 어떻게 보면 평생 감옥에서 고통을 받는 게 나을지도 모른다고 생각했을 뿐이야. 뭐… 사형이란 것도 널 보면 필요하지 않을까 하는 생각도 들지만……."

"하하하! 역시 볼수록 특이하다니까. 엘리트 특유의 거만함도 없고."

"그건 어떻게 알지?"

"반말을 하면, 너 같은 족속들은 얼굴색부터 바뀌거든."

"그거 내가 보기엔 국회의원 자제분이신 네놈 이야기 같은데. 어째 필리핀에서 고생이 꽤 많았나 봐?"

"그랬지. 사춘기라는 걸 그때 처음 겪어봤으니까."

"그래? 그렇다고 널 이해해 줄 생각은 없어."

"알고 있어. 물어봐서 대답해 준 것뿐이야. 그래, 질문은 그게 끝이야?"

"아니, 강 의원은 대체 왜 죽였어?"

"아… 그걸 깜박했네. 왜냐고? 왜겠어. 아무리 과거의 나와 친분이 있다 해도 내가 살아 있다는 걸 알면 문제 생기니까 그런 거지."

"정 의원이 지시를 한 건 아니고?"

"아버지? 아버진 내가 필리핀으로 갈 때 이미 날 잊어버린 사람이야."

"이거 안 좋은 기억을 떠올리게 해서 미안하군."

"마음에도 없는 소리 하기는. 미안하긴 해. 강 아저씨, 참 좋은 사람이었는데."

"너야말로 마음에도 없는 소리 하지 마. 그런 자식이 고문까지 해?"

"역시… 내 예상대로군."

"뭐가?"

"그쪽은 모르겠지만 꽤나 놀랐어. 설마 인신매매를 쫓아서 나를 찾아낼 자가 있을 줄은 몰랐거든."

"호오? 그 말은 중간에 누가 배신을 한다고 해도 잡히지 않을 자신이 있었단 건가?"

"그랬지."

"하긴, 덕분에 꽤나 곤란해질 뻔했어."

"팔자 좋은 소리 하고 있네."

"뭐?"

"네놈이 얼마나 운이 좋았던 건지 모르고 있다는 말이지."

"그건 또 무슨 말이야?"

"니가 이번 사건을 다시 맡게 된 게 우연인 것 같아?"

"그게 무슨 소리야?"

"그전에 내가 먼저 물어보지."

"말해봐. 대답할 수 있는 거라면 해줄 테니까."

"매체에서 그렇게 떠들어대던 군천항 인신매매 사건을 해결한 주제에 어째서 사건을 뺏긴 거야?"

"니가 그걸 어떻게 알아!"

"흥분하지 마. 머리는 냉철하게 가슴은 뜨겁게 뭐 이런 말 안 배웠어?"

"어떻게 아냐니까!"

"어떻게 알긴. 검찰총장이 나서서 원래 사건을 맡았던 팀에게 맡긴다고 기자회견까지 했는데, 그걸 모르는 게 바보 아닐까? 어째 병원에서 몇 주 쉬다 오니까 감이 다 떨어진 모양이네. 아니, 제발 그렇다고 말해줄래? 내가 이런 팔푼이 덕분에 이 꼴이 됐다면 자존심이 허락 안 할 것 같아서 말이야."

"그랬었지. 미안, 나한테 조금 민감했던 일이라……."

"나한테 아주 민감했던 일인데… 정작 당사자는 까마득히 모르고 있었구만."

"뭐?"

"방금 전에 말했잖아. 그쪽이 다시 사건을 맡게 된 게 우연일 것 같냐고."

설마…….

"신문사에 정보를 알려준 게 너였단 거냐?"

"맞아."

"대체 왜?"

"방금… 말했잖아? 왜 사건을 뺏겼냐고!"

자신이 방금 한 말을 까먹었는지, 놈은 죽일 듯이 나를 쏘아보며 울분을 토해냈다.

"설마, 나를 사건에서 제외시키려고 그런 짓을 꾸민 거야?"

"그래. 군천항에서 나를 추적했던 놈들을 쳐내려고 꾸민 일이었는데… 다음 날 뉴스를 보니 애꿎게도 스스로 사냥개한테 몸을 날렸더라고……."

"그거 참 안타깝게 됐구만."

"개소리 집어치우고 어떻게 된 건지 말이나 해."

"이쪽에도 사정이 좀 있었어. 내 말을 못 믿겠다면, 여기 있는 오 수사관님도 그때 피해자니까 직접 물어봐도 돼."

"무슨 사정이었는데?"

"국회의원까지 엮인 사건을 일개 지방 검찰청에서 맡을 순 없다라고 판단을 하신 거지. 네놈이 남긴 강 의원의 손가락 덕분에."

"하… 그놈의 손가락 자르는 게 아니었는데……."

"나도 하나 물어보자. 손가락이 잘렸던 장소도 찾아가지 못할 정도로 트라우마에 빠진 놈이 왜 남의 손가락들은 그렇게 잘라댄 거야?"

"몰라. 그냥 꼴 보기 싫었어. 난 이렇게 손가락이 잘렸는데……."

오태석이가 잠자던 괴물을 깨운 건가…….

갑자기 놈이 잘린 손가락 대신 그곳을 채우고 있는 검지 크기의 쇳덩이를 가리키며 말했다.

“이거 보여? 내가 왜 이런 꼴을 당해야 하지?”

“그 말 그대로 돌려주지. 너한테 희생당한 사람들은 왜 그런 꼴을 당해야 한 거냐?”

“하긴 세상 모든 일에 이유가 있는 건 아니지. 이제 서로 할 말은 다 끝난 것 같은데 이만 끝내는 게 어때?”

“미안하지만, 아직 물어볼 게 남았어. 그전에 그 쇳덩이는 어디서 난 거야? 그땐 없었잖아?”

“가죽 장갑을 낄 때만 티 나지 않게 끼는 거라서.”

“가죽 장갑 이야기가 나와서 그런데, 너.”

“나랑 만나지 않았냐고?”

그렇게 내 질문을 가로챈 녀석이 갑자기 여태까지와 다른 순수한 미소를 띠우며 내게 말했다.

“알고 있으면 왜 말하지 않았냐는 표정이네? 굳이 말할 이유가 없더라고. 친구들과 즐겁게 놀던 장소였잖아. 괜히 불쾌한 기분 느끼게 하고 싶지 않아서. 굳이 그럴 필요 없잖아.”

“뭐?”

“내가 괜찮으니까 이쯤 하죠. 계속 이러시면 치료비를 청구할 겁니다, 라고 말했었나?”

오래전 기억이라 정확한 건 아니지만 녀석이 비슷한 말을 했던 것 같긴 하다.

"그러고 보니, 이상해."

"뭐가 또?"

"그날 그쪽은 분명 친구들과 피서를 왔다고 했는데… 그쪽이 다녀간 후에 내 사업이 파토가 났거든. 이거 그저 우연인가?"

"미안. 후배 녀석이 아버지가 맡은 사건 때문에 고민을 하고 있어서, 남해로 놀러 가는 김에 잠깐……."

"젠장… 거기서부터 모든 게 꼬였구만."

"꼬여?"

"인신매매는 처음부터 최후의 수단이었거든."

"내가 듣기로는 마약을 거래하던 자한테 서해에 좋은 사업건이 있다고 말했던 것 같은데, 최후?"

"한번 떠본 거야. 그자가 그때 미끼를 덥석 물었다면 마약거래도 하지 않았어."

"왜지?"

"눈앞에 먹이를 놔두고 다른 것을 탐하는 놈과 어떻게 같이 일을 하겠어?"

"그렇긴 하네."

"처음부터 끝까지 이렇게 엮여 있었다니 정말 악연이네. 당신이랑 나."

"걱정 마. 이제 끝이니까."

"그런 말을 들으니까, 착잡하네."

"내가 더 착잡하거든. 피서 때 만난 그 사람 좋던 젊은 청년에게 듣기론 분명 아버지 사업을 도와드리려고 그곳에 방문했다고 들었었는데, 이런 식으로 재회를 할 줄은 꿈에도 몰랐다, 이 자식아."

"그랬었나? 그거 미안하게 됐네. 그래도 마약을 거래하려고 왔다고 할 순 없잖아?"

*　　　　*　　　　*

정영민 저놈이 그런 생각을 하고 있을 줄이야. 사람이라는 건 알다가도 모르겠다니까…….

"선배."

젠장, 이젠 내가 변명을 해야 할 차례인가.

"어?"

"왜 진작 말씀 안 하셨어요?"

"간다더니 전부 듣고 있었냐?"

"걱정돼서 잠깐 와봤는데……."

"미안, 속이려고 속인 건 아니고 니가 부담스러워 할까 봐."

"근데 그땐 분명… 아… 그래서 다나랑 그렇게 친해진 거군요?"

"어. 다나 씨가 연락을 해왔어. 도와달라고. 불쾌하다면 미안하다."

"괜찮아요. 오히려 선배 덕분에 잘 해결됐는걸요."

"그런가?"

"아! 혹시 저희 아빠도 알고 계신가요?"

"그게……."

"하아… 어쩐지, 그날 선배한테 친한 척을 할 때부터 이상하다 싶더니……."

"이거… 정영민한테 괜한 걸 물어본 것 같습니다."

"영원한 비밀이 있을 수 없지 않겠습니까?"

"그러게요. 그냥 처음부터 말할 걸 그랬나?"

"호오……."

"수사관님, 왜 그러십니까?"

"또 숨기고 있는 게 있다면 지금 말씀해 주셨으면 해서요."

…그건, 내가 아니라 박 형사님의 신변에 위험을 받는 일이라서.

"없습니다. 그런 거."

"정말요? 나중에 후회하시지 않을 자신 있으세요?"

"있지도 않은 일로 어떻게 후회를 하겠습니까?"

"그러십니까?"

"왠지 아쉬워하시는 것 같습니다."

“검사님의 소원을 쓰게 만들 절호의 찬스를 놓치고 말았다는 기분이 들어서요.”

“제가 수사관님을 위해서 없는 비밀을 만들어낼 순 없잖습니까.”

*　　　　*　　　　*

“이제 몸은 괜찮으십니까?”

“예, 걱정해 주셔서 금방 나았습니다.”

“허… 검사님이실 줄은 꿈에도 몰랐습니다.”

“뭐, 제가 검사라고 달라질 게 있나요. 혹시 이사님, 저 몰래 무슨 죄를 지었다거나 하신 건 아니시죠?”

“어휴… 농담이라도 그런 말씀은 삼가주셨으면 합니다. 지은 죄도 없는데 괜히 심장이 다 벌렁거립니다.”

“죄송해요. 제가 조금 짓궂었죠.”

“아닙니다. 저도 농담 좀 해봤습니다. 근데, 젊은 나이에 뉴스에까지 나오시고 대단하십니다. 와이프랑 TV를 보다가 정말 깜짝 놀랐습니다.”

“팀원들이 잘한 거죠. 저야 이번에 다치는 바람에 얼떨결에 그 자리에 있던 것뿐입니다.”

“글쎄요. 제가 보기엔 충분히 자격이 되실 것 같습니다.”

“그걸 윤 이사님께서 어떻게 아십니까?”

“제가 이 부지를 방문한 게 벌써 세 번째입니다. 저 혼자, 그리고 주 변호사님과 둘이서, 마지막으로 오늘 이렇게 재단장 대리님과요. 이렇게 철저하신 분께서 검사로 일하실 때도 허투루 시간을 쓰진 않으실 것 같은데요?”

“죄송합니다. 저 때문에 괜히 이사님만 고생하시네요.”

“아닙니다. 오히려 뒷말이 없어서 전 편합니다. 괜한 일로 트집이 잡혀서 중요한 재단 사업들이 지체되는 것보단 훨씬 나은걸요.”

“그렇게 생각해 주셨다니 감사합니다. 그나저나 벌써 봄이네요. 저번 달까진 쌀쌀했는데.”

“그러게요. 제가 재단장님께 듣기로는 아직 결혼을 안 하셨다고 들었는데, 괜찮다면…….”

“마음만 받겠습니다. 이미 결혼을 마음먹은 이쁜 아가씨가 있거든요.”

“허허… 이거 재단장님 말만 믿고서 친구 녀석에게 바람을 잔뜩 불어넣고 술깨나 얻어먹었는데… 오늘 이후로 당분간 연락을 피해야겠습니다.”

“그러게 저한테 물어보셨어야지요.”

“워낙 바쁘신 분이라 연락만 드리면 주말에 뵙자고 하셔서 차마 그런 말은 꺼내지 못했습니다.”

"이거 제가 대역 죄인이었군요."

"그럴 리가요. 나라를 위해서 젊은 나이에 이렇게 헌신하시고 계시는데 죄인이라니요."

"너무 띄워주셔서 이거 얼굴이 다 빨개지려고 하네요. 부지가 어디라고 하셨죠?"

"허허… 저 언덕만 넘어가면 바로 나옵니다."

가격도 싸고, 이 정도면 나쁘지 않네.

"어떻습니까?"

"만족스럽네요. 이쪽으로 도로가 난다는 말이잖아요?"

"예. 맞습니다."

"대단하시네요. 어떻게 이런 곳을 알아냈습니까?"

"그게 실은 지자체의 도움을 좀 받았습니다."

지자체라… 아무리 복지를 위한 일이라도 순순히 도움을 줬을 리는 없을 텐데. 생각보다 인맥이 대단한 모양이네.

"그랬군요. 뭐, 저희 입장에선 오히려 잘된 일이네요. 애쓰셨습니다."

"그럼 여기로 확정을 짓는 겁니까?"

"별다른 일이 없다면, 그렇게 될 것 같습니다."

"혹시나 마음에 안 드시면 어쩌나 걱정했는데 다행입니다."

"괜한 걱정을 하셨습니다."

"그랬나요? 아무튼 볼일도 다 봤는데, 저녁이나 함께하시죠. 제가 사겠습니다."

"죄송합니다. 마음 같아선 그러고 싶은데, 아쉽게도 오늘은 선약이 있어서요."

"선약이요?"

"다른 게 아니라, 동료 형사들이 오늘 퇴원을 하거든요."

"아… 꼭 한번 식사를 하면서 이야기를 나누고 싶었는데 그런 일이라면 아쉽지만 오늘은 포기를 해야겠군요."

"날이 꼭 오늘만 있는 건 아니지 않습니까. 제가 조만간 자리를 마련하겠습니다."

"그 말 지켜주셔야 합니다."

"그럼요. 재단을 위해서 이렇게 애써주시는데 당연히 그래야죠."

"그럼 그날만 손꼽아 기다리고 있겠습니다."

7장

회식

"이제 두 분 다 몸은 좀 괜찮으신 거예요?"

"예, 괜찮습니다. 그리고 그 말은 저희가 검사님께 드려야 하는 것 같은데요?"

"저야 두 분보다 2주 전에 이미 퇴원을 했는걸요."

"그래도 저희 때문에 다치셨잖습니까."

"유 형사님, 그게 뭔 상관입니까. 잘됐으면 된 거죠."

"그렇긴 합니다."

"감사합니다. 최 검사님."

"아닙니다. 민 형사님."

이 아가씨, 흉이나 많이 안 남았으면 좋겠는데.

"검사님, 왜 그러신가요?"

"두 분 건강하신 모습 보니까 제가 다 기뻐서요."

"하여튼 우리 검사님만 한 분이 없으시다니까. 유 형사, 민 형사 앞으로 잘 해드려."

"니가 그런 말 안 해도 그럴 거야."

"에휴… 괜히 검사님 부담스럽게 만들지 말고, 제발 너나 좀 잘해. 자식아."

"팀장님은 왜 맨날 저만 구박하십니까? 검사님께서 뭐라고 좀 해주십시오. 이건 엄연히 직장 내 괴롭힘 아닙니까?"

"박 반장님께서 말씀은 저리 하셔도 얼마나 김 형사님을 아끼시는데요."

"정말입니까? 팀장님. 검사님 말씀이 맞습니까?!"

"맞기는… 면상 안 치워?"

유 형사와 민 형사가 빠졌을 땐, 뭔가 허전하더니 이제야 좀 강력 3팀답구만.

"검사님."

박 형사님께서 김 형사의 질문 세례를 이기지 못했는지 괜히 내게 말을 걸어왔다.

"근데, 오늘 회식을 하자고 하시지 않았습니까? 다른 분들은 어디 계십니까?"

"저희끼리 미리 회식을 한 게 미안하다고 팀장님께서 좋은 자리를 물색하라는 엄명을 내려서 지금 한창 고생하고 계십니다."

"이거, 또… 검사님만 직위를 이용해서 빠져나오신 모양입니다."

"직위를 이용하다니요… 입원했던 환자끼리 해후나 좀 하라는 일종의 배려죠."

"하… 참… 이래서 운이 좋아야 하나 봅니다. 누군 이제야 팀장을 맡아서 좀 편하게 지내고 있는데, 어느 분께선 2년 차에 팀 내 2인자 자리를 꿰차고 계시니……."

"그게 얼마나 힘든지 아십니까? 위에선 눌러오고 아래에선 못 잡아먹어서 안달입니다."

"못 잡아먹다니요? 에이~ 설마 윤 검사님을 말씀하시는 건 아니시죠? 저번에 보니까 아주 '선배~'하면서 검사님께 엄청 살갑게 대하던데요?"

직장 후배가 직장 선배에게 살갑게 대한다. 그 이유는 하나뿐이 없지…….

"김 형사님께 그리 보였다니… 참 뭐라고 말씀드려야 할지 모르겠네요."

—지이잉 —지이잉

"잠시만요. 팀장님께서 연락을 하신 걸 보니 회식 장소가 결정이 됐나 봅니다. 여보세요."

―여보세요. 응, 최 검사. 지금 어딘가?

"예, 팀장님. 강력 3팀분들과 병원에서 막 나왔습니다."

―그래? 잘됐구만. 종로 근처에 장화림이라고 있네.

"장화림이요?"

―그래. 아마 자넨 모를 걸세.

미안하지만 다른 곳도 아니고 장화림이라면, 내가 모를 리가 없지.

"예, 처음 들어보는 곳입니다."

―그럴 테지. 아무튼 그곳으로 정했으니까, 얼른 오게.

"알겠습니다."

"검사님. 통화 중에 장화림이라고 하시는 걸 들었는데, 회식 장소가 정해진 겁니까?"

"예, 박 반장님."

"장화림이라… 혹시 중국요릿집입니까?"

"글쎄요. 저도 가본 적이 없어서 그것까진 모르겠네요. 일단 가보면 알지 않겠습니까?"

"예. 그럼 바로 출발하죠. 유 형사랑 민 형사는 검사님 차를 타고 가도 괜찮겠습니까?"

"당연하죠. 그럼 두 분은 제 차로 가시죠."

못 한 이야기를 나누라는 듯 배려를 해준 건가. 그런 거라면 괜한 배려를 해주신 것 같은데…….

"크흠……."

결국 유 형사가 이건 아니라는 생각이 들었는지, 차에 탄 지 5분 만에 헛기침을 하며 말을 꺼냈다.

"근데 검사님, 정말 놈이 정영민일 줄은 꿈에도 몰랐습니다."

"그러게요. 저도 하마터면 깜빡 속을 뻔했습니다."

"갑자기 덮쳐오는데 얼마나 놀랐는지……."

민 형사의 떨리는 목소리를 통해 그녀가 그때 느꼈을 공포가 그대로 전해져 왔다.

"제가 신발을 쳐다보자마자 눈빛이 변하더라구요. 순간, 같은 사람이 아닌 줄 알았습니다."

"민 형사 말대로 그렇게 순한 인상이었던 자가 안색을 싹 바꾸니 소름까지 끼치더군요."

"예, 이번에 직접 만나 이야기를 나눠봐서 그런지 두 분 말씀이 공감되네요."

"그러셨군요. 그런데 그자가 검사님께 무슨 말을 했었습니까?"

"악연이라더군요."

"악연이요?"

"예, 본인과 제가 악연이랍니다."

"하긴… 그놈 입장에선 악연이라고 느낄 만하겠군요. 검사님으로 인해 두 번이나 막혔으니까요. 아! 세 번이겠군요. 윤 검사님을 도와준 것까지 포함하면 말입니다."

"그건 또 누구에게 들으셨습니까?"

"다들 알고 계시던데요."

"후우… 소문 한번 빠르네요."

"뭐, 김 형사 귀에 들어가면……."

"역시 김 형사님께선 언제나 기대를 저버리지 않으시네요."

"그나저나 정말 놀랐습니다."

"그럴 만하죠. 저도 정영민이 범인인 걸 알고 심장이 내려앉는 줄 알았는걸요."

뭐. 정영민이가 실은 연쇄 살인마였다는 것을 알았더라면, 우리만큼 놀랬을 사람이 한 명 더 있긴 한데… 한여름에도 가죽 장갑을 낀 걸 보고 바이커일 거라고 철석같이 믿던 우리 복순 씨가 이 사실을 알면 기겁을 했겠지.

그 아가씬, 잘 지내려나. 회식 장소가 장화림이다 보니 오늘따라 이영지라고 자신을 밝힌 그녀가 자꾸 떠올랐다.

*　　　*　　　*

검찰이나 경찰이나 술들은 뭐 이리 잘 마시는지. 하아… 얼마나 마셔댔는지, 정신이 다 오락가락하는구만.

"어이, 최 검사."

"예, 팀장님."

"그렇게 힘들어하면서, 뭘 대리를 불러준다고 여기까지 따라왔어."

"괜찮습니다."

"이봐……."

"예, 팀장님 말씀하십시오."

"대리는 불렀나?"

"죄송합니다. 지금 바로 부르겠습니다."

"됐어. 이렇게 된 거 잠시 나랑 대화나 좀 나눠봅세."

하아… 맨 정신일 때 해줬으면 좋겠는데, 이런 상황에서 대화를 해봐야 취객들이 헛소리를 해대는 꼴이라고, 이 양반아.

"경청하겠습니다."

"경청은~ 무슨~"

아휴, 곽 팀장 귀엔 내가 저렇게 혀 꼬부라진 소리로 이야기를 하는 것처럼 들리겠지? 웬일로 회식 내내 들떠 있나 싶더만, 돌아가는 꼴을 보아하니 오늘도 편히 자긴 다 글렀구만.

"어때?"

"예? 어떤 걸 말씀하시는 건지……?"

"뭐긴 뭐겠어? 장화림에 와보니까 어떠냐는 거지."

서민후 자식 덕분에 전상용 씨를 만났던 그때나, 지금이나 똑같지 뭐. 이래서 사람들이 기를 쓰고 돈을 벌려고 하는구나, 싶은 걸…….

"제가 이런 데서 회식도 다 해보나 싶었습니다."

"나도 그랬었지. 나도 정말 존경하는 선배님을 따라서 이곳에 처음 와봤네. 느껴봐야, 야망도 생기고 한다면서 말이야."

"그러셨습니까? 헌데, 팀장님께서 선배님이라고 하시는 걸 보면 검사이시겠군요?"

"암, 자네도 알고 있을 걸세."

"제가요? 혹시 중앙지검이나 저희 쪽에서 근무하시고 계십니까?"

"그래. 지금은 중앙지검에 계시네."

중앙지검이라 대체 누구지? 곽 검사와 마땅히 친할 만한 사람이 떠오르지는 않는데?

"혹시 성함이 어떻게 되십니까?"

"이정철이라고 하네."

"예? 지금 누구라고?"

"이정철이라고 했네? 왜? 내 입에서 뜻밖의 인물이 나와서 놀랐나?"

대검특수부가 해체된 후에 중앙지검으로 발령이 나신 건 알고 있었지만, 곽 팀장과 개인적인 친분이 있었다면 왜 전에 안부 인사를 드렸을 때 이 선배님께서 내게 말씀해 주지 않으신 거지?

"예… 그리 친분이 있는 건 아니지만 한번 뵌 적이 있는 분이라서요."

"그럴 테지."

뭐지? 대체 왜 내가 이 선배를 알고 있는 걸 당연하다는 듯 말을 하는 거야?

"헌데, 친분이 있는 건 아니라는 말은 왜 신뢰가 생기지 않을까?"

"팀장님, 그게 무슨 말씀이신지… 잘 모르겠습니다."

"자네가 이 선배님과 친분이 없다면, 대체 왜 이 선배님께서 내게 자네를 신경 써달라는 부탁을 해왔냐 이 말일세."

이 선배가 곽 팀장에게 부탁을 했다고?

"예?"

"이거, 이제 보니 내가 착각을 한 모양이구만. 난 자네가 내 앞에서 당당하길래, 당연히 이 선배님께서 귀띔을 해주신 거라고 생각했었는데."

"저는 지금 팀장님께서 하시는 말씀들 전부 금시초문입니다."

"하여간 여전히 짓궂으신 분이라니까. 하긴, 내 잘못도 있구만."

"그건 또 무슨 말씀이십니까?"

"내 눈으로 직접 보고 판단을 할 거라고 말씀드렸네. 왜 서운한가?"

"아닙니다. 그럴 리가요."

"자네가 그리 말하니, 이거 내가 서운해지려고 하는구만."

그쪽이 서운해할 건 전혀 없어 보이는데?

"자네를 김홍수 손에서 빼내려고 내가 얼마나 애를 썼는지 아나?"

김홍수라면……?

"혹시 팀제로 개편되기 전에 형사 2부 부부장 검사를 말씀하시는 겁니까?"

"맞네."

그래서… 그때 나한테 김홍수가 그런 식으로 말을 한 건가?

병원에서 퇴원하고 엘리베이터에서 그자와 마주쳤을 때, 입맛을 다시며 내게 했던 말이 떠올랐다.

"어이. 최 검사."

"안녕하셨습니까? 오랜만에 뵙습니다."

"그래, 그래. 이번 사건 범인 때문에 고생이 많았다며?"

"아닙니다… 고생은요."

"여전히 당차서 좋구만. 허어……."

"왜 그러십니까?"

"이 사람아. 왜긴 왜겠어. 자네 같은 인재를 만호 그 친구한테 뺏겨서 그렇지."

"예?"

"아… 자넨 모르겠구만. 그 친구가 갑자기 나서는 바람에 팀원 인사가 조금 꼬였네. 뭐 그 덕에 자네를 놓치고 말았지만. 어떤가? 지금이라도 우리 팀으로 오겠다면 내 힘 좀 써볼 텐데."

"농담이시겠지만, 말씀만으로 감사합니다."

"허허… 자네 표정을 보니 내 농담이 과했나 보구만."

어쩐지 아쉽다는 눈빛이라더니. 근데 김홍수 그자는 대체 나를 왜 데리고 가려고 했던 거지?

"흐음… 이거 보아하니, 자네도 걸리는 게 있나 보구만."

"그게 걸린다고 할 정도는 아니지만……."

"김홍수 그자, 조심하게."

"예? 그게 무슨……?"

"이 사람아. 사건을 수사할 땐 그리 총기가 있는 사람이 이럴 땐 왜 이리 눈치가 없어. 이러니 선배님께서 자네 때문에 그리 걱정을 하시잖나."

설마…….

"혹시 팀장님과 반대 파벌이십니까?"

"이제야 좀 머리가 돌아가나 보구만. 하지만 단순한 반대

파벌 정도가 아닐세. 서로 양립할 수 없다고 봐야지."

양립할 수 없다?

"검찰은 결국 정계와 뗄래야 뗄 수가 없는 사이일세. 이러니저러니 해도 어느 정도는 그쪽과 타협을 해야 한다는 거지. 결국 검찰의 수장을 결정하는 건 그쪽이니까 말이야."

"그런 말씀을 제게 해주시는 이유가 무엇입니까? 단순히 이 선배님 때문만은 아닌 것 같습니다."

"이 선배님 부탁이었다고 해도, 자네가 마땅치 않았다면 오늘 이런 자린 없었을 걸세."

"그 말씀은……."

"그래. 지내보니 선배님께서 자네를 마음에 들어 한 이유를 알겠더군. 그런 자네가 망가지게 내버려 둘 수는 없지 않겠나."

"예? 김 선배께서 제게 해코지라도 하려고 한다는 말씀이십니까?"

"맞네. 물론 자네에 대한 개인적인 원한은 아니야. 그저 그들이 공성준 의원과 한 배를 탔다는 게 문제라네."

공성준이라면…….

"무슨 말씀이신지 잘 알겠습니다. 저를 남부지검으로 보낸 것만으로는 성이 차지 않았나 보군요."

"그 양반이 고작 그 정도로 끝낼 양반이 아니야. 게다가 아마도 자네 성정상 그런 자들이 더 나타나면 나타났지 줄어들진 않을 텐데. 계속 이렇게 가다간 조만간 큰일 날 걸세."

하… 여기에서도 언제 끊어질지 모르는 외줄을 타고 있었던 건가? 이거 참… 나만 모르고 있었구나. 아니, 외면했던 걸지도…….

"어떤가? 아직도 선배님께 말씀드린 것처럼 평검사를 하면서 검사 생활을 마무리하고 싶은가?"

"마음 같아선 그러고 싶습니다……."

"허면?"

"변해야겠죠. 이대로 당하고만 있을 수는 없으니까요."

어제 그 이후로 무슨 말을 했던 걸까… 출근하자마자 귓속말로 평소처럼 행동하라는 곽 팀장의 말이 왜 이리 부담으로 다가오는지 모르겠다. 이 선배님께는 본인이 잘 말해뒀으니 염려 말라는데… 대체 뭘 전해준 건지 알 수가 있어야지.

* * *

"후우… 그나저나 이거 아침부터 큰일이 터졌구만."

곽 팀장의 말대로 예삿일은 아니었다. 정계가 말 그대로 발칵 뒤집힌 일이니 말이다.

"그러게 말입니다. 팀장님. 설마 그 양반이 자살을 할 줄은 꿈에도 몰랐는데……."

"뭐. 정치적 기반도 전부 다 잃어버렸으니, 그런 극단적인 선택을 한 거겠죠."

"음… 아들놈 하나 때문에 평생 일궈놓은 걸 송두리째 뺏길 줄은 몰랐을 거야. 뭐, 숨기지만 않았더라도 일이 이렇게까지 커지지는 않았겠지만… 다 업보지, 뭐."

곽 팀장의 말대로 그때 만약 정 의원이 다른 선택을 했다면 어떻게 됐을까? 하긴 이런 생각을 해서 뭐 하겠어.

"정 의원 일은 그만 떠들고 우리 일이나 하자고. 오늘부터 정영민 그놈 사건 정리해서 공판부로 보내려면 만만치 않을 테니 각오 단단히 하라고."

"명심하겠습니다, 팀장님."

"아, 그 운전수 양반이 나중에 딴말하는 건 아니겠지?"

"예, 팀장님. 이미 물증 확실한데 별수 있겠습니까."

"정말 세상 좋아졌다니까. CCTV 하나로 이렇게 수사가 편해질 줄이야."

"예, 그런 장소엔 간 적이 없다는데, 도로 CCTV엔 떡하니 찍혀 있으니 빼도 박도 못하던데요."

"나 때는 핸드폰도 귀한 시절이었는데… 참… 세상 빨라."

"그땐 수사하기 정말 힘들었겠습니다."

"글쎄, 꼭 그런 것만은 아니었어. 우리가 정보를 모르는 만큼 놈들도 그만큼 몰랐었으니까. 다 상대적인 거지. 뭐, 훼손된 증거 같은 건 요샌 다 복원이 되니 그것 덕분에 좀 더 편하달까?"

"하긴, 반대로 이젠 대포폰 때문에 골머리를 썩고 있는 걸 생각하면 그렇긴 하네요."

"뭐 세상이 그런 거 아니겠어? 아무튼 정영민 그 자식, 아버지인 정 의원이 자살했으니 모르긴 몰라도 독기가 단단히 올랐을 거야. 어쩌면 법정에선 인정했던 죄까지 몽땅 부정할지도 모르니까 사소한 것 하나라도 놓치지 말라구."

네 달. 정영민이 3심에서 사형을 선고받는 데 걸린 시간이었다.

어떻게 보면 오래 걸렸다고 생각할 수도 있겠지만, 통상의 사건들과 비교해 보면 3심까지 간 것치고는 세간의 주목을 받아서 그런지 정말 빠르게 진행된 편이었다.

하지만 그 네 달은 우리에겐 지옥 같은 시간들이었다. 정말 지민의 녀석 말대로 하루가 어떻게 지나간 건지도 몰랐으니 말이다.

세상은 그저 연쇄살인범 하나가 잡혔다고 생각을 하겠지.

내 기억 속엔 영구 미제 사건이었던 손가락 살인 사건은 이렇게 마무리가 되었다.

—띵동 —띵동

—누구세요?

"남부지검 최승민 검사입니다."

—더울 텐데, 얼른 안으로 들어오세요.

전에 왔던 곳과 같은 곳인 맞나 싶네. 앙상한 가지들만 있어 삭막했던 정원은 어느새 꽃이 만발해 있었다. 코를 간질이는 꽃 내음을 맡으며 안으로 들어가자, 강 의원의 아내인 설 씨가 현관문 앞에 서 있었다.

"오랜만이네요. 반가워요."

"그동안 안녕하셨습니까?"

고개를 숙여 인사를 한 후 설 씨에게 다가가고 있는데, 갑자기 그녀가 허리를 90도로 숙여왔다.

"왜, 왜 이러십니까?"

"고마워요. 저희 남편을 죽인 자를 밝혀내 주셔서."

"제가 당연히 해야 할 일이었는데요. 이러시면 제가 부담스럽습니다."

"죄송해요. 감사의 뜻을 전하려던 건데, 부담을 주고 말았나 보네요."

고개를 든 그녀가 웃으며 나를 집안으로 안내했다.

"설마, 정 군이 범인일 줄은 꿈에도 몰랐는데……."

그렇게 말하며 하염없이 창밖을 바라보는 설 씨의 눈빛엔

회의감마저 느껴졌다.

"죄송해요. 손님을 모셔놓고 제가 딴생각을 해버렸네요."

"아닙니다. 괜찮습니다. 근데 저를 보자고 하신 이유가?"

"그냥 감사해서 식사나 한 끼 대접하려고 불렀는데, 실례가 된 건가요?"

"그런 건 아니지만, 저 때문에 괜히……."

"아니에요, 실은 그날 일도 사죄드리고 싶었거든요."

그날 일? 아…….

"그땐 정말 깜짝 놀랐습니다. 설마 그러시리라고는 상상도 못 했거든요."

정영민의 따귀를 그대로 내려치던 설 씨의 모습은 아마 평생 잊지 못할 것 같다.

"그랬나요? 그날은 배신감 때문에 제가 정신이 어떻게 됐었나 봐요. 저 때문에 수사에 지장이 있었다면 사과드릴게요."

"아닙니다. 전혀 지장은 없었습니다. 그리고 오히려 속이 후련했는걸요."

"그럼 한 대 더 때릴 걸 그랬나요?"

"어휴… 말씀만으로도 아찔하네요. 잘 참으셨습니다."

"호호… 이렇게 유머가 있으신 분인 줄은 몰랐는데 하마터면 깜박 속을 뻔했네요."

"뭐, 그렇게 봐주셔서 감사합니다. 예. 아무래도 수사 중이고 또 부군께서…….”

“이해해요.”

갑자기 분위기가 묘하게 흘러간다고 생각했는지, 설 씨가 말을 돌렸다.

“그럼 이제 영민 군은 어떻게 되는 건가요?”

“사형이 집행되지 않을 테니, 감방에서 평생 살게 될 겁니다. 죄가 죄인만큼 독방 신세겠지만요.”

“설마 그 아이가 그렇게 변했을 줄은 몰랐어요. 가끔은 이 모든 게 꿈은 아닐까 하는 생각이 들거든요.”

“그 마음 충분히 이해합니다.”

“시장하실 텐데 식사하시면서 마저 이야기를 나눌까요?”

그녀가 준비한 음식들을 먹으면서도 주로 이야기는 정영민에 대한 것들이었다.

“그랬군요. 인신매매까지 서슴지 않고 저지르던 정영민에게 그런 면모가 있다니 저로서는 정말 상상이 안 가네요.”

“그렇죠?”

꽃을 좋아했다라… 그 취미를 잘못된 곳에 썼구만. 정영민이 신경 독으로 사용했던 꽃은 정말 이게 독초가 맞을까 싶을 정도로 아름다웠었지… 뭐, 필리핀에서도 유명한 꽃이라고 했던가.

“무슨 생각을 그리 하세요?”

"아, 그냥… 뉴스에선 사모님의 행보에 대해서 말이 많던데 본인은 어떻게 생각하시나 궁금해서요."

"아… '정치에 뛰어들 수도 있다'라는 그런 말들 말인가요?"

"이거 생각해 보니 식사 자리에서 할 이야기는 아닌 것 같습니다. 제가 말실수를 했네요."

"아니에요. 괜찮아요. 다른 분도 아니고 최 검사님이신데요."

"저를 너무 믿으시는 것 아니십니까?"

"여야당을 막론하고 수많은 정치인들이 연루된 조두칠 사건까지 해결하신 최 검사님을 못 믿는다면 세상에 믿을 사람이 어디 있겠어요."

"그거 꽤 오래전 일인데… 그게 저라는 건 어떻게 아셨습니까?"

"실은 정치적인 이유로 수사를 맡은 건 아닐까 해서 조사를 좀 했었어요. 혹시 기분 나쁘셨다면 사과드릴게요."

"아닙니다. 사모님 입장에선 당연히 걱정이 되셨겠죠."

"이해해 주셔서 감사해요. 그럼 계속 말씀드릴까요?"

"아… 그러시죠."

"사실 검사님께서 말씀하신 것처럼 매스컴에서 이런저런 말들이 나올 만해요. 아시다시피 유세를 할 때 그이를 도왔던 것도 사실이니까요. 구심점을 잃은 당을 살릴 희망이라는 그런 기사들은 부담스럽긴 하지만요."

“그 말씀은 관심은 있으시다는 건가요?”

“예. 물론 기존 남편과 함께한 의원들에게 이용당하고 싶지는 않지만, 뉴스에서 나오는 소식들 중 일부는 제가 퍼뜨린 것도 있으니까요.”

뭐? 허… 평범한 여인은 아니라고 여기긴 했지만, 이 정도일 줄은 몰랐는데…….

“조만간 국회에 있는 모습을 볼지도 모르겠습니다.”

“어머, 아직 결정을 한 건 아니에요.”

“죄송합니다. 제가 너무 앞서 나갔군요.”

“괜찮아요. 어떻게 양이 부족하면 더 드릴까요?”

“예, 저야 감사하죠. 잘 먹겠습니다.”

설 씨가 그런 생각을 가지고 있을 줄이야… 사람 속은 정말 모르겠다니까. 뭐, 성정이 나쁘진 않은 사람이니 잘됐으면 좋겠는데. 험난한 정치판에서 견뎌낼 수 있을지 모르겠네.

8장

술자리

주말이라 이제 좀 쉬나 했더니… 아침부터 누구야, 대체…….

—지이잉 —지이잉.

이게 누구야? 바쁜 녀석이 웬일로 전화를 다 하셨대. 설마 무슨 일이라도 생긴 건가?

"여보세요."

—요오~ 최승민!

"웬일이냐, 니가?"

—왜 난 전화도 하면 안 되냐?

"그게 아니라, 바쁜 놈이 전화를 다 하니까 놀래서 그런 거지. 왜? 무슨 일이라도 생긴 거야?"

—아니… 그런 건 아니고…….

뜸을 들이는 걸 보면, 분명 또 무슨 꿍꿍이가 있는 것 같은데…….

"뭔데, 자식아. 말 안 할 거면 끊어. 귀찮게 하지 말고."

—오랜만에 전화를 했는데 뭐 이리 매정해? 우리 정말 친구 맞냐?

"글쎄… 아니었으면 좋겠다고 생각한 적은 많은데… 왜 지금이라도 정리할래?"

—하여튼 무슨 농담을 못 해요. 대학 다닐 때 알아봤어야 했는데…….

"내가 뭘 어쨌는데?"

—뭘 어째. 그게 로보트지. 그럼 앞길 창창한 신입생의 정상적인 모습이라고 생각했냐?

"로보트? 설마 날 말하는 거냐?"

—그럼 누굴 말하는 거 같냐? 민지 선배나 선화 붙잡고 물어봐 봐라. 뭐라고 하나.

"민지 선배랑은 얼마 전에 통화했었는데 내가 아니라 니 걱정만 하던데?"

—하아… 그만하자… 우리.

"먼저 말 꺼내놓고는 에휴… 넌 니가 대학교 때 뭐라고 불렸는지 기억 안 나냐?"

—뭐? 멋진 광현 오빠? 아니면 선배님?

"개또라이 새꺄, 하여간 예나 지금이나 변함이 없다니까."

—야! 너 어디 가서 그런 말 하지 말라니까, 내가 그거 세탁할라고 얼마나 힘들었는 줄 알아?

"세탁은 무슨. 서울대 법학과 박광현하면 다 알더라. 대체 나 없는 동안 뭔 짓을 그리 하고 돌아다닌 거야?"

—다~ 옛날 일이다. 좋았지… 크…….

"개소리 말고 왜 전화했냐고요. 개또라이 씨."

—왜겠어. 오랜만에 술이나 한잔하자는 거지.

"술? 너 미쳤냐? 이번에도 또 사시 말아먹으려고 아주 작정을 하신 거야?"

—작정은 무슨! 내가 니 성격 모르냐? 이래 봬도 니 룸메 아니겠냐~ 어차피 저번에 1차 통과해서 이번엔 면제야. 2차 시험 준비하기 전에 한번 얼굴이나 보려고 전화한 거야.

"아휴. 말이나 못 하면… 그래, 이참에 확 마시고 준비 확실히 해라."

—오키, 그럼 만나는 거다? 딴말하기 없어?

"참… 말 많네. 알았다고, 자식아."

—아! 그리고 일행이 더 있는데 상관없지?

"일행? 내가 아는 사람이야?"

—당연하지. 안 그럼 괜히 자리만 어색해질 텐데, 내가 그럴 놈이냐?

"누군데? 민지 선배?"

—아니, 민후 자식.

"뭐?"

방금 전에 생각난 것처럼 말하더니, 이것 때문에 말을 빙빙 돌린 거였구만…….

"꼭 같이 만나야 되냐?"

—왜? 옛날 일 때문에 그러냐? 민후한테 연락하니까, 저번에 자기가 술 한번 마시자고 했던 것도 거절했다더만.

"그럴 만하지 않냐?"

—야, 당사자인 나도 이렇게 넘어가는데. 그러지 말고 내 얼굴 봐서 한번 보자.

흐음… 그때 일도 있고… 차라리 이 녀석이랑 같이 만나는 편이 나으려나?

"그래, 어디서 마실 건데?"

—맛나 포장마차라고 계란말이 기가 막히게 하는 집이 있거든. 거기서 10시쯤에 보자.

"알았어. 그때 보자."

*　　　*　　　*

약속 장소인 포장마차에 도착하자, 광현이 녀석은 보이지 않고, 꼴도 보기 싫은 민후 녀석만 능글맞은 미소와 함께 손을 흔들며 반겨왔다.

"오랜만이다."

"그러게. 검찰청에서 보고 나서 처음인가?"

"벌써 그게 그렇게 됐나? 시간 참 빠르네."

"광현이는 아직 안 온 거냐?"

"어. 10분 전에 연락했을 때 출발했다고 했었는데 아직도 안 왔다."

"그 자식은 여전하구만. 하여간 약속을 지킨 적이 없어."

"일단 앉아. 서서 뭐 해?"

왜겠냐. 널 보러 온 것도 아니니 그렇지.

"그래, 잘 지냈냐?"

오랜만에 앉아보네. 술이 안 들어가서 그런가. 등받이가 없다는 게 불편하게 느껴진다. 아니, 눈앞에 저 자식 때문에 그런 걸지도 모르지.

이럴 때 보면 참 사람이란 게 신기하단 말이야.

"그렇게 둘러봐야 포차가 포차 아니냐?"

"대학생 때 이후로 포차는 처음 와봐서 신기해서 그랬다.

왜 불만 있어?"

"아니, 난 니가 날 불편해해서 그런가 했지?"

눈치는 좋아가지고…….

"뭐, 그런 것도 없진 않지."

아직도 적응이 안 되는 새하얀 눈썹을 실룩거리며 피식 웃던 민후 자식이 메뉴판을 집었다.

"광현이 놈은 아직 오지도 않았는데, 뭘 그리 급해."

"불편할 땐 술이 최고 아니겠어. 그 자식은 때 되면 알아서 오겠지."

"됐다. 지 빼고 마셨다고 또 징징댈라."

"그래도 남자 두 놈이서 당근이나 먹고 있는 건 아닌 것 같은데?"

"그럼 주문하든가."

"그래, 뭐 먹을래?"

"아무거나 너 먹고 싶은 거 있으면 그걸로 해."

"그럼 김치찌개랑 두루치기 시킨다."

"아… 계란말이도 하나 시켜라. 광현이 그거 좋아하잖아."

"그 자식 늦게 오면 케첩 식었다고 징징 짤 텐데."

"뭔 상관이야, 지가 늦게 온 주제에. 그래도 친구라고 신경 써주는 걸 고맙게 생각해야지."

"그래. 이모~"

"어, 뭐 줄까~?"

"김치찌개 하나, 두루치기 하나, 그리고 계란말이요."

"그려, 김치찌개, 두루치기, 계란말이 맞지?"

"예, 맞아요."

"알지? 소주는 냉장고에 있어~"

"감사합니다."

"잔은 두 개만 주면 돼?"

"아뇨. 한 명 더 올 거예요."

"으응, 온다는 일행은 그 깐죽대는 친구 맞지?"

"예, 맞아요."

"근데, 요새 안 오더니 오랜만이네? 무슨 일 있었어?"

"아뇨. 그냥 바빠서 못 온 거죠."

"으응, 그래, 아무튼 금방 안주 대령할 테니까 좀만 기다려."

"이모, 죄송한데 잔부터 먼저 주실 수 있어요?"

"어휴, 무슨 술들을 그리 좋아해?"

그렇게 말하고는 잔을 가지고 온 아주머니께서 민후 녀석을 보며 핀잔을 줬다.

"우리 아들놈도 대학교 들어갔다고 티 내는 것도 아니고, 맨날… 적당히들 마셔."

"그럴게요."

"근데, 이쪽은 못 보던 친군데?"

"아… 대학교 동기인데, 오랜만에 만난 거예요."

"으응, 반가워요."

"안녕하세요."

"자주 놀러 와요. 잘 해줄게요."

"예, 그러겠습니다. 그리고 말씀 놓으세요, 이모."

"그래도 되나?"

"그럼요."

"어휴~ 싹싹해서 좋네~ 계란말이는 내가 특별히 서비스로 줄께."

"감사합니다."

아주머니가 자리를 떠나자 민후 녀석이 의외라는 듯한 얼굴로 이쪽을 바라본다.

"왜?"

"아니, 난 또 니가 무뚝뚝하게 '친굽니다', 이럴 줄 알았는데 싹싹하게 구는 게 신기해서."

"별게 다 신기하다."

"아무튼 일단 한잔하자, 자."

"그래."

꽉꽉 채우기는… 이 자식도 나랑 있는 게 여간 불편한 모양이네. 그런 생각을 하며 술잔을 비우는데 순간 녀석의 목에 걸린 목걸이 줄이 눈에 들어왔다.

저 목걸이… 할아버지 유품이라고 했었던가?

"그 목걸이는 뭐냐?"

"아, 이거… 할아버지 유품."

"할아버지… 아, 미안하다. 괜한 걸 물었네."

"아니야. 뭐, 나쁜 추억은 아니니까."

"그래? 그럼 다행이네. 근데 왜 꼭꼭 숨겨놓냐?"

"아… 너도 보면 알걸? 내가 왜 숨기는지."

이유를 설명해 주려는 듯 녀석은 티 안에 숨어 있던 목걸이를 꺼내 보였다.

"그러네. 남자가 차기엔… 좀 디자인이 그러네."

"어. 남자라고 하기보단 젊은 애들이 차고 다니기 좀 부담스럽지. 이 알 봐라……."

무슨 종류의 보석인지는 모르겠지만, 다시 봐도 꽤나 값나가 보였다. 잠깐만… 저거 분명 붉은색이었는데?

"어라? 나 그 목걸이 전에도 본 거 같은데."

"봤다고? 그럴 리가 없을 텐데. 지금 너한테 처음 보여주는 거야. 광현이 녀석한테도 보여준 적 없어. 착각하는 거 아냐?"

"아니야. 너 그거, 예전에 법원에서 나랑 만났을 때도 차고 있지 않았냐?"

"할아버지께 받은 이후로 한 번도 빼놓은 적이 없으니까, 차고 있었겠지?"

"그래? 그럼 그때 얼핏 본 기억이 있는 거 같다."

"뭐, 그랬을 수도 있겠네. 근데 용케 그걸 다 기억하고 있다? 그때 사실 그럴 정신은 아니었잖아?"

"워낙 특이하게 생겨서 그때도 물어보려 했었거든. 상황이 여의치 않아서 못 한 거지 뭐."

"그랬구만."

"근데, 그때 봤을 땐 분명 붉은색이었던 것 같은데 아니었나?"

"뭐가? 아, 이 보석 색깔? 니가 착각한 걸걸. 이거 에메랄드야."

"그래? 이상하네."

민후 녀석의 다음 반응을 기대했건만, 갑자기 끼어든 불청객이 훼방을 놓았다.

"뭐가 이상한데?"

"언제 왔냐?"

"야… 최승민, 넌 반갑지도 않냐?"

"뭐가?"

"오랜만에 친구를 만났는데 언제 왔냐니까 그런 거지!"

"그럼 사내놈들끼리 뭐라 그래. 부둥켜 안아라도 줄까?"

"됐다. 너한테 뭘 바란 내가 등신이지."

"알면 앉기나 해. 늦게 온 주제에 미안하다고는 못 할망정 뭘 그리 바라는 게 많아?"

"에휴… 미안하다~ 됐냐?"

오자마자 깐죽대기는……

"오랜만이다. 근데 승민이만 보이고 난 보이지도 않냐?"

"넌 저번에……."

민후 자식이 한심하단 눈빛으로 광현이 녀석에게 말했다.

"그럴 거면 승민이 자식한테 오랜만에 만난 것처럼 연기해 달라고는 뭐 하러 부탁한 거냐?"

"이래서 머리가 나쁘면 몸이 고생하는 거다."

옆자리에 앉은 광현이 녀석의 머리를 가볍게 치며 혀를 끌끌 차자, 어쩔 수 없다는 듯 광현이 녀석이 넉살 좋게 웃어댔다.

"뭐 어차피 술 마시다 보면 다 들통났을 텐데, 잘됐다."

"고시 준비한다는 놈이 술이나 퍼마시고 다니고 참 잘하는 짓이다. 자식아."

"정말 힘들어서 그런 거거든?"

"됐어. 헛소리 그만하고 술이나 받아."

"어. 아, 오랜만에 베프들 보니까 벌써부터 힐링이 되는 것 같네."

힐링은 무슨… 하여간 아무 때나 힐링힐링…….

"술이 좋은 거겠지. 안 그래?"

"뭐, 그런 것도 있고. 둘 다 좋은 거지~"

민후 자식이 못 말리겠다는 듯 고개를 절레절레 흔들어댔다. 하여간 미워할 수 없는 놈이라니까.

"캬! 이 맛이지! 근데 둘이 무슨 이야기를 했길래, 이상하다고 했던 거야?"

"아… 별거 아냐. 승민이가 내가 목걸이를 차고 있는 게 신기했나 봐."

"목걸이? 요새 너 목걸이도 하고 다니냐?"

"예전부터 차고 다녔거든?"

"응? 아닌데? 예전에 학교 다닐 땐 목걸이 찬 적 없잖아?"

"보여준 적이 없으니까 그런 거지."

"그런가……? 그런 게 뭐가 중요하겠어."

대학교 때 민후 자식이랑 그렇게 붙어 다니던 광현이 놈도 몰랐던 건가? 그건 그렇고 분명 저번에 봤을 땐 붉은색이었는데… 어떻게 된 거지?

대체 저놈이 감추고는 있는 게 뭐야. 잠깐만 그러고 보니까, 법원에서…….

"야, 최승민 뭐 해. 혼자?"

옆을 보니 광현이 녀석이 이상하다는 듯 고개를 갸웃거리고 있었다.

"아무것도 아냐. 그냥 빈속에 술을 먹었더니 좀 쓰려서 그랬어.”

“밥 안 먹었어?”

“먹었지. 야 인마, 지금 밤 10시거든?”

“하긴 소화되고 남았겠구만. 뭐라도 시켜놓고 있지.”

“안 그래도 시켰어.”

“역시, 센스가 있구만!”

“지랄하네. 넌 어째 하나도 안 변했냐?”

“니가 맨날 그랬잖아. 사람이 변하면 쓰냐고? 그래서 본 좀 받았지.”

“넌 좀 변해라… 자식아.”

“에이, 저 자식이 변하면 재미없지. 이런 놈도 하나 있어야 하지 않겠냐.”

“그치? 역시 민후 니가 뭘 좀 안다니까?”

알긴 개뿔. 아주 끼리끼리 잘들 노는구만.

“근데 갑자기 왜 술을 마시자고 한 거냐? 정말 별일 없는 거야?”

“넌 예나 지금이나 뭘 그리 걱정이 많냐? 아무 일 없어. 그냥 오랜만에 친구 놈들 얼굴 좀 보고 싶어서 그런 거지. 요새 아주 잘나가던데? 최승민 검사님.”

“잘나가기는…….”

“손가락 살인 사건을 해결하신 주역께서 너무 빼시네.”

그놈만 생각하면 아직도… 이가 갈리는구만.

"기억 안 나냐? 덕분에 나 병실에 누워 있던 거."

"아… 맞다. 그랬었지."

"그랬었지? 병문안까지 온 놈이 말하는 꼬라지하고는."

"왜 모르겠냐? 좋은 기억이 아니니까 말을 아낀 거지… 그 때 예슬 씨라던 사람이 니 애인 맞지?"

"그건 어떻게 알았냐?"

"내가 눈치 하난 기가 막히잖냐."

"근데 예슬이는 왜?"

"잘 대해주라고. 너 많이 좋아하는 거 같더라."

"그래야지……."

"왜 그래?"

그 녀석 요새 왜 그러는지 모르겠네… 이유를 알아야 어찌 해보든가 할 텐데…….

"아니야. 이 여자, 저 여자 따라다니던 너한테 그런 얘기 들으니까 신기해서 그랬다."

"야, 다 옛날이야기다. 다 부질없더라."

안 좋은 기억이라도 떠올렸는지 씁쓸한 미소를 지으며 광현이 녀석이 말을 돌렸다.

"민후 너도 갔었지?"

"아니, 뉴스로만 접했어. 병원이 어딘지 알아야 가지. 승민이 재가 날 부를 놈이냐?"

"와… 니들도 징하다. 뭐 서로 만나서 오해 다 풀었다더니 아니었어?"

"풀었지. 남은 앙금을 없애는 게 힘들어서 그런 거지."

내 말에 광현이 녀석이 손뼉을 쳐댔다.

"뭐야? 갑자기?"

"이 기회에 그 앙금도 좀 없애보자구. 이 형님께서 적극적으로 나서시겠다 이 말이지."

"됐거든?"

"그러지 말고 친구끼리 잘 좀 지내라. 나랑 제일 친한 두 놈이 그러고 있으면 내가 어떻겠냐?"

"그래. 이번 기회에 그래보는 게 어때?"

민후 녀석이 갑자기 손을 내밀어왔다.

"뭐 해?"

내 속도 모르고 광현이 녀석이 재촉을 해왔다.

"뭐, 그래보자. 잘될진 모르겠지만."

"민후, 니가 이해해라. 부끄럼이 많은 놈이거든. 자, 그럼 본격적으로 마셔볼까? 이모, 안주 언제 나와요!"

"다 됐어!"

휴… 늦게 온 주제에 참 뻔뻔하다니까. 잠시 후 광현이 녀석의 재촉 덕분에 금세 안주가 나왔지만 그 덕에 계란말이가 덜

익은 모양이다.

"그냥 먹어. 그러게 얌전히 기다리지, 뭘 이모님 재촉해 가지고."

"안 그래도 그럴 거거든."

그런 자식이 뭘 그리 깨작대고 있는지…….

*　　　*　　　*

술자리가 무르익자 얼굴이 벌게진 광현이 녀석이 궁금하다는 듯 내게 물었다.

"근데 그 사건 범인이 정 의원 아들내미라는 건 진짜 어떻게 안 거야?"

"운이 좋았지. 신발 사이즈도 달랐고, 주변 정황도 정영민 그자가 아니면 말이 안 됐거든."

"으응… 그랬군."

이 녀석, 전혀 기억 못 하는 건가?

"근데 넌 기억 안 나냐?"

"뭐가?"

"그 사건, 나한테 말해준 게 너잖아."

"뭐? 내가 언제?"

"대학교 때, 기숙사 방에서 니가 그랬잖아. 살인 사건이 일어났었다고."

"아! 맞다! 그때 남학생 옷이 널려 있어서 변태 아니냐고 우리끼리 떠들어댔었지?"

"맞아. 이제야 기억이 났나 보네."

"와… 신기하네. 그 사건을 니가 해결하게 될 줄이야."

"나도 놀랐다. 그게 그 사건일 줄은 꿈에도 몰랐는데."

"그래도 니들이 나만큼 놀랐겠냐?"

"니가 왜 놀라?"

민후 녀석이 정말 모르겠냐는 눈빛으로 되물었다.

"진짜 몰라?"

"말을 해줘야 알지."

"그 사건 때문에 정 의원 정치 인생도 끝났잖아. 그 인간, 너도 알다시피 정계에서 힘깨나 썼던 양반인데 그 양반이 자살을 했으니 그 후폭풍이 어땠겠냐?"

"하긴… 뉴스에서 당 하나가 그대로 공중분해됐다고 떠드는 것만 봐도 난리였긴 했겠지. 그래도 넌 별 상관없었을 것 같은데?"

"상관이 없긴 왜 없어. 혹시라도 꼬투리 잡힐 건수라도 있나 찾느라고 밤을 샜는데, 서 의원이 얼마나 닦달을 하던지. 그러게 평소에 잘하지. 꼭 이럴 때만 난리라니까."

"고생깨나 했겠네."

"당연하지."

"아, 맞다."

"왜 그래, 갑자기?"

"그 강 의원 알지?"

"정 의원 아들한테 살해당한 양반?"

"어, 그 사람."

"물어볼 걸 물어봐라. 설마 국회에서 일하는 내가 그런 거 하나 모르겠냐?"

"미안. 혹시나 해서 물어봤다."

"근데, 그 사람이 왜?"

"아니, 그 사람은 아니고 그 부인 말이야."

"부인? 아… 요새 한창 정치에 입문을 할 거니 뭐니 하는 소문 때문에 그러냐?"

"맞아."

"의외네. 출세엔 전혀 관심도 없는 놈이 또 그런 데엔 관심을 가지고 있네?"

"강 의원 살해 사건 때문에 몇 번 만났었거든. 그래서 그런 거지."

"난 또 뭐라고. 뭐가 궁금한데?"

이 녀석이라면 뭐라고 대답할까?

"내가 뭘 알겠어. 니가 국회에서 일하니까, 그쪽에선 어떻게 생각하나 궁금해서 그렇지."

"음… 내 의견이 듣고 싶은 거야, 아니면 국회에서 떠도는 소문이 듣고 싶은 거야?"

"둘 다."

"그럼 국회에서 떠도는 소문부터 말해줄게. 두 가지야. 첫째, 이용당하다 버려질 늙은 여우. 둘째, 주제 파악도 못하는 계집."

"호오… 평가가 꽤 박하네."

"이 바닥이 생각보다 만만치가 않거든. 더군다나 동정표로 국회의원으로 뽑힐 확률은 적으니까, 당 대표가 기분이 좋으면 비례대표나 하다 사라질 거라고 생각하는 거겠지."

"흐음… 그 정도란 말이지. 니 생각은 어떠냐?"

"나? 내 생각은 조금 달라. 냄새가 나거든."

"무슨 냄새?"

"그 여자, 지금 뉴스에서 나오는 내용만 봐도 이용당하다 버려질 재목은 아냐."

"뭐?"

"넌 잘 모르겠지만, 난 딱 보면 답이 나오거든. 저게 누구 입에서 나온 건지."

"본인이 직접 말한 거란 소리냐?"

"어. 이용을 당하는 거라면 여론의 동정을 받는 쪽으로 몰고 나갔을 거란 말이야. 예를 들면 남편의 의지를 잇겠다거나 이런 범죄가 이러나지 않길 바란다며 나와서 눈물이나 조금 흘리던가? 뭐 이딴 식으로 말이지. 근데 보면 말을 아끼면서도 남편과 관련된 이야기에선 본인의 정치적 주관을 뚜렷이 밝히고 있거든."

"그럼 넌 그런 게 아니라는 거지?"

"두고 봐라. 누구 말이 맞을지. 뭣하면 내기라도 할까?"

"내기는 무슨… 됐다. 서 의원한텐 말했냐?"

"내가 말한다고 그 양반이 믿겠냐? 또 말할 이유도 없고."

"왜?"

"그 여자가 잘돼도 나랑 붙을 사람은 아니거든. 서 의원이면 또 모를까."

"참. 태평하구만."

"태평하다니요. 거기까지 생각할 여유가 없는 것뿐이야. 정 의원이랑 관련 있던 인사들도 전부 모가지가 날라 갔는데, 그런데 신경 쓸 틈이 어디 있냐. 누가 어디에 임용되는지 파악하기도 바쁘구만."

"그건 왜?"

"그치들이야말로 내 경쟁자가 될 수도 있는 자들이니까, 전에도 말했다시피 누군가에겐 기회가 생긴 거잖아."

"예를 들면? 너?"

"나도 마찬가지고 너도 그렇지 않나? 검찰 쪽도 꽤나 바뀐 걸로 아는데? 아… 맞다. 그런 거엔 전혀 관심 없다고 했었지? 아직도 그래?"

방금 물어봤으면서 뭐가 그리 궁금한 건지. 녀석에게 그렇다고 말을 하려고 했을 때, 갑자기 회식을 하던 날 곽 팀장과 나누던 이야기가 떠올랐다. 이래서 곽 팀장이 그런 말을 했던 건가.

"아니, 실은 조금은 달라지려고."

"뭐? 니 입에서 그런 말이 나올 줄은 몰랐는데… 그래, 어떻게 하실 건데?"

"가능하다면 끝까지 한번 올라가 보려고."

놀란 표정으로 이쪽을 바라보던 민후 녀석이 갑자기 날카로운 눈빛으로 물었다.

"될 것 같아?"

"해봐야지. 사실 안 될 것도 없잖아."

그렇게 말하며 술을 넘기는데, 민후 자식이 묘한 눈빛으로 이쪽을 바라보며 천천히 술잔을 기울이고 있었다. 대체 무슨 의미일까? 도통 속을 알 수 없는 놈이라니까.

"흐아아아아~~"

이 새끼는 한마디도 없다가 갑자기 왜 이래?

"야, 박광현. 술 취했으면 그만 마시자."

"그런 거 아니거든?"

"그럼 뭔데?"

"니들 이야기하는 거 듣고 부러워서 그랬다. 너네… 한 놈은 잘나가는 국회의원 밑에서 차곡차곡 경력을 쌓고 있고, 또 한 놈은 출셋길 열린 유능한 검사시잖아. 지금도 어디까지 올라가네 마네 하고 있고… 와아… 난 그동안 뭘 한 건지 모르겠다. 하아… 진짜… 대학교 다닐 때로 돌아가고 싶다……."

그렇게 말한 광현이 놈은 답답한지 크게 한숨을 내쉰 후에야 다시 푸념을 늘어놓았다.

"승민아! 민후야! 형~ 진짜 돌아가고 싶다. 아니, 그냥 다시 태어났으면 좋겠다. 그럼 니들 못 만날려나? 그러면 안 되는데?"

고새 기분이 풀어졌냐? 하여간 단순한 놈이라니까. 아니, 어쩌면 내가 그렇게 느끼고 싶은 걸지도 모른다고 생각하니 괜스레 씁쓸해진다.

"아주 쇼를 하고 있구만. 술 취했으면 그만 마시고 가자?"

"야, 최승민. 취한 거 아니라니까 그러지 말고 내 말 좀 들어봐."

"듣고 있으니까 말해."

"넌 그런 적 없어? 민후 너도?"

민후 녀석이 광현에게 되물었다.

"어떤 적? 혹시 과거로 돌아가고 싶다, 그런 거?"

"어! 맞아! 그거! 니들은 그런 적 없냐?"

"세상 살면서 그런 적 없는 사람이 있겠냐? 승민이 이 자식도 그런 생각했을걸?"

"정말? 승민이 너도 그래?"

"당연하지. 후회 없는 삶을 산다는 게 말이 되냐? 그럴 수도 없는 거잖아."

"하… 다들 그랬구나. 진짜 돌아가고 싶다. 대학생이 아니라, 아예 그냥 다시 태어나면 얼마나 좋을까? 다 내 마음대로 될 거 아냐?"

글쎄… 그렇지도 않더라…….

"바랄 걸 바래라. 뭔 말을 하나 했더니 헛소리나 찍찍 하고, 에휴."

"야, 그러지 말고 우울해하는 친구 장단 좀 맞춰주면 안 되냐?! 승민이 넌 과거로 돌아가면 어떨 거 같애?"

"왜 하필 나냐?"

"그냥 민후 놈보단 니가 더 궁금해서. 말해봐. 어?"

참… 살다가 이런 질문을 듣게 될 줄이야. 뭐라고 말을 해야 할지 모르겠다…….

"몰라, 인마. 과거로 돌아가 봤어야 알지. 가보지 않고 그걸 어떻게 아냐?"

"아 진짜! 재미없게… 민후 너는 어떨 거 같냐?"

"과거로 돌아간다. 글쎄… 멈춰 있던 시간이 다시 움직이는 기분 아닐까?"

멈춰 있던 시간? 어찌 보면 그렇게 느껴질 수도 있겠구만. 근데… 그건 아니더라. 결국 나로 인해서 내 주변은 바뀌어가고 있거든. 전혀 다르게 말이야.

"뭐야? 그게?"

"아니, 그냥. 과거로 간다는 게 따지고 보면 지금까지 있던 일들을 미리 경험해 본 거잖아. 여행을 가서 풍경을 보는 것처럼 말이야. 그러니까 내가 과거로 갔다면 그렇게 느꼈을 거라 이 말이지."

"휴… 누가 지금 철학적인 이야기하자고 했냐? 하여튼 친구라고 있는 것들이 도움이 안 돼요……."

"그럼 광현이, 넌 대체 어떨 것 같은데?"

내 말이 끝나기가 무섭게 기다렸다는 듯 활짝 웃으며 광현이 녀석이 쉴 새 없이 입을 놀렸다.

"막… 돈 많이 벌어서 외국에 별장 같은 거 하나 사고, 요트도 하나 장만해서 우리 언냐들 끼고 유람하면서 비싼 양주 한잔 들이켜고 심심하면 물속에 뛰어들어서 수영 좀 하다가, 밤에는 별장에서 그림 같은 야경을 보면서 쉬는 거지. 죽이지 않냐?"

"에휴… 술이나 마셔라."

"왜 뭐가 어때서? 니들도 속으로 이런 생각 했을 거 아냐! 두고 봐? 이번 해엔 나도 사법 고시 패스할 거니까!"

참… 인생이란 뭘까? 과거로 돌아와 한 번 더 인생을 살고 있는 지금도 도무지 알 수가 없다.

앞에서 방금 전까지만 해도 그렇게 우울해하던 광현이 녀석이 민후 녀석과 이야기하면서 뭐가 그리 좋은지 실실 웃고 있으니 말이다.

"승민아, 안 마시고 뭐 해? 오늘은 마시고 죽자니까?"

"그래, 죽어보자."

예슬이도 그렇고, 미래도, 앞으로 내 인생은 또 어떻게 되는 걸까? 그건 겪어봐야만 알겠지. 지금까지 그래왔던 것처럼.

에필로그

덥네. 7월 초인데, 벌써부터 땀이 비 오듯 쏟아지는구만. 휴… 얼른 사무실로 들어가든가 해야지. 축축한 와이셔츠의 기분 나쁜 감촉이 내 발걸음을 재촉했다.

덜컥. 휴… 이제야 좀 살 만하네.

"검사님, 오셨습니까?"

"예. 그런데 다들 모여서 뭐 하고 계십니까?"

"실은 정영민이 탈옥을 한 모양입니다."

누가 뭐를 해? 식어가던 몸의 열기가 되살아나는 기분이다.

"수사관님, 지금 뭐라고 하셨습니까?"

"그게… 정영민이 탈옥을 했다고 말씀드렸습니다."

"정말입니까?"

"예, 검사님……."

"어떻게 놈이 탈출을 한 거죠?"

도무지 알 수가 없었다. 대체 어떻게 된 거야?

"야간 당직 교도관 두 명을 살해하고 열쇠를 탈취해 탈출을 했다고 들었습니다."

"아니, 말이 안 되지 않습니까? 뭐가 있어야 살해를 하죠. 수갑을 찬 상태로 어떻게 교도관 둘을 살해할 수가 있습니까?"

"살해한 교도관들의 목에 송곳으로 찔린 것 같은 자국이 남아 있었답니다……."

"뭐라구요?"

망치로 뒤통수를 얻어맞은 느낌이었다.

"이건 분명……."

"예. 검사님, 정영민의 살해 수법입니다."

"도대체 관리를 어떻게 했길래, 정영민이가 독극물을 소지하게 놔뒀던 겁니까?"

"검사님께서도 아시다시피 특별 관리 대상이었습니다. 정영민 관련 자료엔 아침, 점심, 저녁으로 몸수색까지 했던 일까지 상세하게 기록되어 있었습니다."

"그럼 어디서 독극물을 얻었다는 겁니까?"

"CCTV 화면을 확인한 결과……."

"수사관님, 답답하게 그러지 말고 그냥 말씀해 보세요."

"그 잘린 손가락에 독을 숨겨놨던 것 같습니다."

"예? 그게 가능합니까?"

"선배, 선배가 직접 보시면 아실 거예요."

옆으로 다가온 지민이의 표정은 확신에 차 있었다.

"어디 있어?"

"테이블에 위에 있는 노트북에서 보시면 돼요."

화면을 재생시키자 왜 지민이 그런 표정으로 나를 봤는지 알 수 있었다.

젠장… 올 여름은 더욱 뜨거워질 것 같구만.

『다시 한 번』 완결

외전

잃어버린 기억

색이 변해가는 나뭇잎, 거리를 지나는 사람들의 옷차림. 주변의 풍경들은 어느새 가을이 다가옴을 알리고 있었지만, 내겐 그저 여느 날과 다를 것 없는 하루에 불과할 뿐이었다.

또다시 지루한 일상의 시작인가…….

"주문하신 카페라떼 나왔습니다."

"감사합니다."

"근데 항상 이 시간에 오시는 걸 보면, 이 주변에서 일하시나 봐요?"

"예, 맞아요. 왜 그러십니까?"

"꽤 바쁘신 것 같아서요. 보통 주문하고 앉아서 기다리시는데, 손님께선 항상 서서 기다리시잖아요."

"바쁜 것보단 그냥 제 성격이 조금 급한 편이라서요."

"아……."

그쪽이 질문을 해서 답을 했으면 뭔 말을 해야 할 거 아냐? 참나, 어이가 없구만.

"근데 계속 기다려야 하는 건가요?"

"아! 죄송합니다!"

귀여운 인상의 여직원은 꽤나 당황했는지, 손에 든 커피를 황급히 건네왔다.

"그럼 다음에 또 뵙죠. 수고하세요."

"감사합니다. 또 방문해 주세요~"

이런 걸 왜 마시나 몰라? 입으로 넘긴 커피의 맛은 역시나 내 취향이 아니었다. 남들의 시선을 의식하지 않았다면, 평생 입에도 대지 않았을 텐데.

"서중필. 그 망할 인간의 비위를 또 맞춰줄 시간인가?"

조금씩 가까워지는 국회의사당을 보니, 벌써부터 머리가 지끈거린다.

"저기요!"

국회의사당으로 가기 위해 막 차도를 건너려는 순간 들려오는 비명에 가까운 외침에 고개를 돌리자, 땀이 범벅이 된 소녀가 이쪽으로 달려오고 있었다.

다급해 보이는 표정을 보니, 왠지 괜히 불안해진다. 팻말을 들고 있지 않은 거 보니, 1인 시위를 하려는 정신 나간 인간은 아닌 것 같은데…….

뭘 원하시는 걸까나?

"혹시 저를 부르신 겁니까?"

"맞아요……."

"그렇게 계속 말씀하시다간 곧 쓰러지실 것 같은데, 숨 좀 돌리는 게 어떠세요?"

"이러고 있을 시간이 없어요!"

막무가내로 내 손을 잡고는 어디론가 향하려는 소녀의 행동에 반사적으로 그녀의 손을 뿌리쳤다.

"지금 뭐 하자는 겁니까? 혹시 다단계나 도를 믿으세요? 그런 쪽에서 나오셨어요?"

"설명드릴 시간이 없어요! 제발요!"

"수법이 참 많이 발전했나 보네. 이봐, 아가씨. 나도 아가씨랑 여기서 낭비할 시간은 없으니까 사기를 치려는 거면 다른 사람 알아봐. 그럼, 이만… 이것 좀 놓자구."

말귀를 못 알아들었는지, 또다시 손톱의 핏기가 사라질 정도로 팔목 소매를 움켜쥔 소녀의 팔을 떼어내기 위해 손을 가져다 댔다.

"서민후. 당신 이름 맞죠?"

"뭐……?"

혹시나 내 출입증을 본건가? 어라?

"당신… 내 이름 어떻게 알았어?"

"그게 중요한 게 아니라니까요… 다 말씀드릴 테니까 제발……."

"초면에 내 이름까지 아는 사람을 당신이라면 따라가겠어? 괜히 갔다가 무슨 일을 당할 줄 알고, 응?"

"어제, 이 자리에서 당신이 알려줬어!"

어제? 설마 술을 마셨던 건가? 그럴 리가… 아무리 어제가 주말이었다고 해도, 월요일부터 내가 술 냄새를 풀풀 풍기면서 출근을 할 턱이 없잖아.

"기억 못 하는 게 없다며 잊지 않을 테니까 걱정 말라고 했잖아! 근데 왜 기억을 못 해, 이 바보야!"

"가만히 좀 있어봐! 당신 때문에 떠오를 생각도 안 나잖아, 지금!"

"안 돼! 제발……."

"안 되긴 뭐가 안 된다는 거야? 혹시 당신을 떠올리면 안 된다는 거야?"

갑자기 찾아와 정신을 쏙 빼놓고 있는 소녀를 바라보자, 그녀는 눈물이 그렁그렁 맺힌 눈망울로 나를 응시하고 있었다.

뭐라고? 일어나라니… 일어나 있는 사람한테 농담도 참…….

*　　　*　　　*

"검사님!"

"안녕하세요. 이 수사관님. 대체 무슨 일인데 아침부터 뭘 그리 호들갑이십니까?"

"안녕하십니까! 지금… 그게 중요한 게 아닙니다. 국회의사당 앞에서 살인 사건이 일어났다니까요!"

"예? 어디요? 국회… 의사당이요?"

대낮부터 어떤 미친놈이 그런 간 큰 짓을 한 거야?

"대체 누구를 노렸답니까?"

"그게 서중필 의원의……."

—지이잉 —지이잉

"수사관님. 잠시만요… 전화가 와서요."

뭐지? 처음 보는 핸드폰 번호인데?

"여보세요?"

—최승민 씨 맞습니까?

"예. 제가 최승민이긴 합니다만, 누구신지 알 수 있을까요?"

—영등포 경찰서 강력 1팀 팀장을 맡고 있는 형사 조수철이

라고 합니다.

“경찰서요? 경찰에게 연락받을 만한 일은 한 기억은 없습니다만.”

—그게 아니라… 실은 오늘 아침 서민후 씨께서 살해당하셨습니다.

뭐?

“예? 지금 뭐라고 하셨습니까?”

다시금 들려오는 형사의 목소리는 내가 들은 것이 현실임을 알려왔다.

“어떻게 살해당한 겁니까?”

—목격자들의 증언에 따르면 흉기는 칼이었던 것 같습니다.

“그렇군요. 범인을 식별할 단서는 나오지 않았구요?”

—예, 복면을 쓰고 있는 데다가 워낙 순식간에 사건 현장을 빠져나가는 바람에 저희가 도착했을 땐 이미 자리를 뜨고 없었습니다.

“그래도 혈흔이라든지 흔적이 남아 있을 테니…….”

—저…….

“예?”

—그게 대화가 이상하게 흘러 버려서요… 실은 최승민 씨께 여쭤볼 게 있어서 연락을 드린 건데 상황이 반대로 된 것 같습니다.

"죄송합니다. 말씀하시죠."

근데 대체 왜 나한테 연락을 한 거지? 놈과 친한 사이도 아니고 최근에 연락을 주고받은 적도 없는데?

—다름이 아니라, 살해당하기 전에 최승민 씨께 연락을 하려던 것 같습니다.

이제 보니 날 용의 선상에 넣어놓은 건가?

"저한테 연락을 하려고 했던 거라면, 아마 그 친구가 신변의 위협을 미리 알았던 게 아닐까 싶네요."

—그게 무슨 말씀이십니까?

"서울 중앙지검 형사 3부에서 근무하고 있습니다."

—검찰에서 일을 하신다구요? 혹시 직업이 어떻게 되십니까?

"검사입니다."

—어쩐지 좀 전에 질문하시는 게 예사롭지 않다고 생각했었는데, 검사님이셨군요.

"예… 뭐……."

—최 검사님께선 그럼 지금은 검찰청에 계신 겁니까?

"예, 조금 전에 회의를 마치고 이제 업무를 보려던 참이었습니다."

—그러셨군요. 아! 혹시 서민후 씨의 애인 이름을 알고 계십니까?

애인이라… 내가 알 턱이 있나…….

"아니요. 사실 그 친구완 그리 가까운 사이가 아니라서요."

—그러십니까?

"예, 학교 동기여서 가끔 연락을 하는 정도였습니다. 근데, 갑자기 왜 애인을… 혹시?"

—아니요. 피해자가 서민후 씨 말고 한 명 더 있었는데, 목격자들의 말에 따르면 둘이 대화를 나누던 중에 괴한이 갑자기 둘을 습격했다고 해서 혹시나 둘이 연인 사이가 아닐까 싶어서 여쭤봤습니다.

연인 사이가 아닐까 싶었다?

"그럼 그 여성분의 신원은 파악이 안 된 겁니까?"

—맞습니다. 여성분께서 지니고 있던 소지품이 하나도 없더라구요.

대체 뭐야?

"민후와 그 여인이 애인 사이가 맞긴 한 걸까요?"

—그렇지 않다면 이른 아침부터 만날 일은 없지 않겠습니까?

"그렇긴 한데… 조금 이상하네요."

—어떤 점이 말입니까?

"둘이 연락을 했으니 만났을 것 아닙니까? 근데 그 여성분은 핸드폰도 가지고 있지 않았다는 게 이상해서요."

—뭐… 애인 출근 시간 정도는 보통 알고 있지 않습니까. 게다가 목격자 말로는 둘이 다투고 있었다고 하더라구요. 심각한 것 같아서 말릴까 하다가 여성이 서민후 씨의 이름을 부르는 걸 보고 그냥 애인끼리 싸우나 보다 하고 지나치려는데… 그런 사고가 벌어졌다는군요.

"둘을 알고 있었다면, 지인일 가능성이 높겠군요."

—예. 저희도 그렇게 예상을 하고 수사를 진행하려고 합니다. 친구분의 일은 참 유감입니다.

"그 친구가 이리 허망하게 세상을 떠날 줄을 몰랐는데… 참 인생이란 건 한 치 앞도 알 수가 없네요."

—그러게나 말입니다. 아무튼 이만 실례하겠습니다.

"예. 고생하십시오. 혹시 제 도움이 필요하시면 언제든 연락 주십시오."

—말씀만으로도 감사드립니다. 고생하십시오.

"검사님, 괜찮으십니까?"

"별로 친한 사이도 아니었는데, 막상 그 친구가 이런 불미스러운 일로 세상을 떠났다고 하니 착잡하네요……."

"만난 것도 인연이라는 말이 있지 않습니까?"

항상 장난기가 넘치던 이 수사관한테 이런 말을 들으니 뭔가 이상하네…….

"그런가요?"

"예. 근데 오늘 무슨 날이랍니까? 아침부터 무슨 사건이 이리 많이 터지는지 모르겠습니다."

"실은 두 사건의 피해자가 동일 인물입니다."

"예?! 그럼… 죄송합니다. 그런 줄도 모르고……."

"아닙니다. 신경 쓰지 마세요."

"근데, 대체 어떻게 된 거랍니까?"

"모르겠어요. 의문점 투성이에요. 제가 아는 친구는 절대로 직장에서 누군갈 만날 성격은 아니거든요."

"아… 그 신원 불명의 여성을 말씀하시는 겁니까?"

"예, 친구와 다투고 있었다고는 하는데 모르긴 몰라도 경찰의 추측과는 다르게 애인이 아닐 가능성이 높아요."

"그럼 왜 다투고 있었을까요?"

"모르죠. 죽은 사람을 험담하는 것 같아서 조금 그렇지만, 사실 그 녀석 성격이 그리 좋은 편은 아니었거든요."

"검사님 친구분들이라면 다들 착하실 것 같았는데 그건 또 아닌가 봅니다."

"그 친구만 유독 유별났죠. 아무튼 녀석이라면 충분히 시비가 붙었을 만합니다."

"검사님 말씀이 맞다면, 그럼 사건이 묘하게 됩니다."

눈을 가느다랗게 뜬 걸 보면, 이 수사관의 촉이 발동된 건가.

"어째서요?"

"원한에 의한 살인도 아닐 가능성이 높단 말이 되니까요."

"흐음… 그렇군요. 그 여성과 시비가 붙지 않았다면 민후 녀석이 그 자리에 있지 않았을 테니, 범인이 국회에서 일한다는 걸 알았다고 해도 그 장소에서 살해하는 건 어려웠겠군요."

"예, 검사님. 불편하시지 않다면, 이 사건 저희가 맡아보면 어떻겠습니까?"

수사를 한다면 그분 또한 만나게 될 것인데, 녀석을 위해 자신을 희생한 그분께 무슨 말씀을 드릴 수 있을까…….

"수사관님. 죄송하지만… 그건 사양하고 싶네요. 아무리 친하지 않았어도 친구가 왜 친구겠습니까… 냉정하게 수사를 진행할 수 없을 것 같아요."

"충분히 이해합니다. 제가 너무 검사님 입장을 생각 않고 말씀드린 것 같습니다."

"괜찮아요. 좋은 의도로 말씀을 하신 건데요."

대체. 왜 나한테 전화를 걸었던 거지? 내가 아는 서민후라면… 자신이 위기에 처했다는 걸 알면서 그런 무모한 행동을 벌일 놈이 아닌데?

대체 무슨 일인 거야…….

*　　　*　　　*

"오늘도 똑같은 일상이 시작되는 건가. 이 맛없는 커피를 언제까지 마셔야 하려나?"

국회의사당. 이제 보기만 해도 신물이 난다. 괜히 정치에 입문을 한 건 아닌가 몰라.

"서민후."

"누구십니까? 대체 어떻게 제 이름을 알고 계신지… 우리 초면 아닌가요?"

"기억 안 나? 니 동창."

"어이, 아가씨 내 동창이라고 말하기엔 너무 어린 것 같은데? 내가 아무리 동안이어도 당신보단 한참 위인 것 같거든?"

"S대 서양사학과 중퇴. 이래도?"

"맞긴 한데? 내가 기억하는 동기 중엔 그쪽 같은 미인은 없는데? 과가 과다 보니 말이야."

"여전하구나? 그 의심 많은 성격."

"아가씨. 누가 시켰는진 모르겠지만, 내가 한 번 본 건 잊는 사람이 아니야. 그러니까 쓸데없는 짓은 그만하고 본론부터 말해. 뭘 원하는 건데?"

"당신 목숨."

"뭐? 제법 유머 감각이 있네. 웃겼어. 참신했고."

"왜냐고 안 물어봐?"

왠지 그녀의 표정엔 간절함이 담겨 있는 것 같아 보였다.

"내가 그걸 물어야 하나? 굳이 궁금하지도 않을 걸 말이야."

"이번에도 실팬가……."

역시나. 납치였나? 이 바닥에선 그리 알려지지도 않았는데 대체 누가 시킨 거야?

"당연히 그렇겠지. 근데 이번에도라니?"

"몰라도 돼. 어차피 기억도 못 할 테니까."

체념한 듯한 목소리로 그리 말한 소녀는 내 곁을 지나쳐 갔다.

"어이……."

뭐야? 그런 낡은 수법에 넘어갈 거라 생각한 건 아니겠지? 역시나 대꾸도 없이 멀어져 가던 소녀는 얼마 떨어지지 않는 곳에서 발걸음을 멈췄다.

나름대로 준비를 한 모양이긴 한데 너무 뻔하잖아, 이 아가씨야. 어디 보자. 서중필의 적들 중에서 나를 노릴 만한 놈이 누굴까… 이거 오늘은 아침부터 바빠지겠구만.

때마침 신호등까지 바뀌는 걸 보면, 운수가 좀 트인 날인가.

"꺄악!"

뭐야? 소녀가 서 있던 방향에서 들려온 갑작스러운 비명 소리에 나도 모르게 고개를 돌리고 말았다.

이게 대체 어떻게 된 거야? 이럴 거면…….

"이봐! 괜찮아?!"

"하… 그래도, 양심은 있나 보네……."

"살고 싶으면 가만히 있어. 거기, 아저씨."

"예? 저요?"

"뭘 그렇게 멍하니 보고 있어요? 119에 신고 안 해요?"

"아……."

황급히 핸드폰을 꺼내고 있는 중년의 남성을 바라보고 있는데, 웃음소리가 들렸다.

"지금 웃음이 나와? 당신 눈에 지금 이 피 안 보여?"

"당신은 이 상황에서도 냉정하네. 당황하는 모습도 한 번쯤은 보고 싶었는데."

"아까 한 말 취소야."

"무슨 말……."

온몸에 피 칠갑을 한 채 힘겹게 입을 여는 소녀를 보니, 한 순간 말문이 턱 막혔다.

"유머 감각 있다는 말."

"알아. 그런 말 당신한테 처음 들어봤어……."

"그래도 농담을 하는 걸 보면, 다행히 살 만한가 보네."

"응급처치는 어디서 배웠어?"

"보통 여자들은 내 몸을 보면 멋있다는 말부터 나오는데,

취향이 혹시 배 나온 아저씨야?"

피식하며 웃던 그녀가 뜬금없는 질문을 해왔다.

"당신을 속이려면 어떻게 하는 게 좋을까?"

"뭐?"

"당신이라면 어떻게 속이겠냐고."

내가 나를? 생사가 왔다 갔다 하는 상황에서 한다는 소리가 참 가관이시네.

"정신이 오락가락한 모양인데, 나를 납치하려고 했던 죄는 후에 충분히 받아낼 테니까 헛소리 말고 일단은 살 생각부터 해. 설마 이것도 계획된 건 아니지?"

"됐다… 이런다고 알아낼 수 있을 리가 없는데, 참 신기해. 매번 같은 이야기를 해도 매번 다르게 행동을 하는 걸 보면……."

남은 지금 지 목숨을 살리려고 별의별 짓을 다하고 있는데, 아주 태평하시구만.

"한 번만 더 헛소리하면, 입부터 틀어막을 거니까 그리 알아."

"그냥 가. 어차피 다 쓸데없는 짓이야."

"닥쳐. 내가 누가 눈앞에서 죽어가는데, 그냥 넘어갈 수 있는 사람이 아냐."

"생각보단 착하네."

"착하다기보단 의무지. 일종의……."

"노블레스 오블리주라고?"

"그, 그래. 잘 아네……."

"도망가. 민후 씨……."

"뭐?"

"미안… 속인 줄 알았는데, 속은 모양이야."

*　　　　*　　　　*

"아가씨… 이게 어떻게 된 건지 말씀 좀 해주실까?"

떨림이 분노로 바뀌는 게 이렇게 빠를 줄은 몰랐는데…….

"그게……."

"당신, 누구야?"

"나? 공서연."

"장난해! 지금 누가 당신 이름 물어봐?"

"화도 낼 줄 아는구나."

"그게 지금 할아버지가 교통사고를 당해서 위태롭다던 사람이 할 소리야?!"

"미안. 워낙 급박한 일이라서 그랬어."

"급박? 진짜 급박한 게 뭔지 보여줘?"

"별로… 보고 싶지 않아서 그런데, 혹시 당신이 아는 곳 중에서 가장 안전하다고 생각하는 곳이 어디야?"

"미치겠네. 당신이랑 처음 만났던 그곳."

"아… 국회의사당… 거긴 안 되는데 다른 곳은?"

"지금 뭔 소리야, 대체! 할아버진 어디 계시냐니까?"

"몰라. 잘 계실 테니 걱정 마."

"경찰 부르기 전에, 당장 말하는 게 좋을 거야."

간덩이가 배 밖으로 나오셨나?

"하나도 안 무서우니까, 옷 늘어나기 전에 이것 좀 놓지."

"뭐?"

"내 말부터 들어주면 전부 말해줄게. 당신 할아버지에 대해서도."

"그래 말해봐."

"계약은 성립된 것 같네."

"근데, 왜 아까부터 반말이야? 나이도 나보다 훨씬 어린 것 같은데."

"내가 싫다고 그렇게 말했는데도, 당신이 그렇게 하자고 했었거든. 억울하면 본인한테 따져야 할걸."

"오늘 처음 본 주제에 무슨 헛소리야. 하… 그래, 말 놔라."

"여기선 안 돼."

"뭐가 안 되는데? 괜한 심리전은 나한테 안 통하니까 그냥 하려던 말이나 하시지."

"그런 거 아니야. 지금 내가 쫓기는 중이라서 그래."

"하… 가지가지 한다. 어디로 갈까, 그럼?"

"똑똑한 그쪽이 정해보는 게 어때?"

*　　　*　　　*

"자, 이제 됐지."

"흐음… 불안한데. 뭐, 믿어볼게."

경찰서에 도착한 후에도 주위를 두리번거리는 걸 보면, 정말 쫓기고 있는 건가?

"혹시 우리 할배가 나한테 부탁하라고 했어? 당신이 위험에 처한 걸 보고?"

"아니."

"그럼 뭐야, 대체! 어떻게 우리 할아버지 성함을 안 건데?"

"시간 없으니까 짧게 말할게."

"잘됐네. 길게 들어줄 생각도 없었거든."

"가만 보면 참 신기해. 꼭 이렇게 틱틱댄다니까."

"그렇게 친한 척 좀 안 하면 안 되나? 꽤 거슬리는데?"

"알았어. 말할게. 이렇게 오래 말해본 게 처음이라 내가 조금 들떴나 봐."

"예~ 예… 그러시겠죠."

무슨 꿍꿍이를 또 부리려는지, 그녀는 뭔가 떠올리는 것처럼 눈가를 찌푸리며 혼잣말을 해댔다.

“미치겠네. 뭐 하자는 거야?”

“미안~ 당신이 하라던 대로 생각을 정리 중이었어.”

“그래서 정리는 끝나셨고?”

“응, 잘 들어.”

“듣고 있는 거 안 보여?”

“하여간… 며칠인지 모르겠어. 아니, 어쩌면 몇 달? 몇 년?”

호오… 그 헤픈 미소는 어디다 내다 파셨나.

“뭐가 몇 달이고 몇 년이라는 거야?”

“내가 오늘을 반복한 지 얼마쯤 됐는지 이젠 모르겠다고.”

“장난해? 그러니까 매번 눈을 뜨면 9월 28일이라고?”

“역시 이해가 빠르네… 그런 사람이 맨날 뭘 그리 사람을 고생시키는지 모르겠다니까.”

“그래서 아까부터 나한테 그렇게 친한 척한 거다?”

“응.”

“당신이라면 믿겠어?”

“믿을 거라고 했어.”

“누가?”

“당신이 직접. 그리고 이번엔 통했어.”

“제발 주어를 빼먹지 않으면 안 되나? 내가 뭘 직접 말했고 뭐가 이번엔 통했다는 거야?"

"할아버지에 대해 말하면, 나한테 속을 거라고. 그리고 내 이야기를 들어줄 거라고. 봐봐. 통했잖아."

"그러니까 내가 당신한테 할아버지에 대해 말해줬다고? 그래, 그렇다고 치자. 근데, 대체 왜 내가 그런 짓을 했지?"

"내 목숨만이 아니라, 당신 목숨도 걸려 있었으니까."

"그럼 아까 누가 쫓아온다고 했던 게 설마 내 목숨도 노리고 있다는 거야?"

"응. 맞아. 그래서 그 장소에서 벗어난 거야."

"그래. 괴물이라도 나와야 이야기가 들어맞지."

"괴물은 아냐. 괴물 같은 사람이야."

"어이, 아가씨. 어떻게 우리 할배 이름을 알았는지 모르겠지만, 여기까지 합시다. 납치죄부터 협박죄까지 줄줄이 엮어서 넣어줄 테니까, 따라오세요. 망할 놈의 절 구석! 제발… 핸드폰 하나만 사라니까 에휴……."

도망칠 줄 알았던 여자는 순순히 내게 팔목을 잡힌 채 경찰서로 끌려갔다.

"앤타자르."

"뭐……?"

"앤타자르라고. 왜? 이게 뭔데 그렇게 놀라?"

이 여자 말이 사실이었던 건가…….

"그것까지 내가 말해줬단 거야?"

"응. 믿지 않고 허튼짓을 하려고 하면 이렇게만 하라던데?"

"다른 말은 들은 것 없고?"

"뭐야? 아까랑 다르게 왜 이렇게 진지해? 하긴 했어."

"뭐라고?"

"당신을 움직일 마법의 단어라고."

"이거 외통수를 맞아버렸구만……."

"이게 뭔데?"

"마법의 단어."

"어디 가?"

"경찰서 앞에서 수상하게 계속 떠들 순 없잖아."

"믿어주는 거야?"

"그래… 믿고말고……."

* * *

벤치에 앉아서 기다리던 소녀는 지친 모양인지, 고새 꾸벅 꾸벅 졸고 있었다.

"어이, 일어나."

"어!"

"뭘 그리 놀라? 자판기에서 음료수 뽑는 시간까지 30초도 안 걸렸을 것 같은데 주무시는 걸 보면, 정말 그 미친놈이 있긴 한 거야?"

"응. 있다니까."

"그래. 아까 하던 이야기나 마저 합시다. 그러니까, 그 미친놈한테 납치돼서 창고에 갇혔는데 그놈이 당신을 죽였다?"

"어… 끝이구나 하고 눈을 떴더니, 창고였어."

"그래서 도망 나온 거고?"

"응. 근데 아무리 발버둥 쳐도 일어나 보면 또 그 창고 안인 거야."

그때의 생각을 떠올리는 것인지 그녀는 몸을 벌벌 떨며, 두려운 눈동자로 주변을 살폈다.

"아직까지 안 온 걸 보면, 당신을 찾지 못한 거니까 그렇게 겁먹지 않아도 돼. 먹은 것도 없을 텐데, 이거라도 좀 마셔."

"걱정해 줘서 고마워. 잘 마실게."

"걱정은 무슨. 근데, 어쩌다 나랑 알게 된 건데."

음료수를 마시던 그녀가 방긋 웃으며 말했다.

"아까 말했다시피 언제인지 정확히 모르겠어. 당신을 만나고 나서도 수백 번은 죽었거든."

"목소리가 왠지 원망이 섞인 것 같은데?"

"당연하지. 당신이 믿어만 줬으면 그럴 일도 없었으니까!"

"미안. 근데 용케도 매번 그 창고를 나와서 날 찾아왔네?"

그녀가 방긋 웃으며 말했다. 마치 소중한 보물을 발견한 사람처럼.

"그럴 만한 이유가 있는걸!"

"사람 불안하게… 무슨 이유?"

"당신을 만나고 나서 바뀌었거든."

"그렇게 말해도 모르거든. 뭐가 바뀌었는데?"

"창고가 아니라, 당신을 처음 만난 장소로."

"국회의사당?"

"아니. 그건 두 번째로 바뀐 장소야."

"뭐?"

"알고 있는 것 같았어. 왜 내 시간이 멈춘 건지. 그래서 이렇게 필사적으로 당신을 만나려고 한 거야."

"내가 알았다고?"

"응. 자기한테 말하면 알 거라고 했어."

"그게 뭔데?"

"변했다고."

"뭐? 뭐가 변했다는 건데?"

"나야 모르지… 그렇게 말하면 알 거라고 한 주제에… 알긴 개뿔……."

볼을 부풀린 소녀는 원망스러운 눈길로 나를 보며 말했다.

"하긴, 처음부터 거짓말쟁이였는데 믿은 내가 바보지."

"자꾸 내가 모르는 걸로 내 험담할래?"

"화가 나니까 그렇지! 그렇게 자신만만하게 '걱정 마. 내가 기억 못 하는 건 없으니까'라고 하신 분께서 지금도 봐봐! 우리가 처음에 어디서 만났어?!"

"그렇게 물어봐도… 내가 알 리가 없잖아……."

"그러면서 무슨 기억 못 하는 게 없대. 하여간 허풍은… 자기한테 말하면 알 거라면서 알긴 뭘 알아! 바뀐 게 뭔데?"

"그만 땍땍거리고 그때 상황을 말해봐. 그래야 내가 뭔 소리인지 알 거 아냐."

"그때? 잠깐만. 당신이 내 앞에서 죽어가고 있었어. 그리고 난 그놈한테 끌려가던 중이었고……."

"잠깐만."

"왜?"

"내가 저항을 했어? 아님 그냥 일방적으로……."

한심하단 듯 바라보는 눈초리를 보니 안 봐도 훤하네.

"오케이… 무슨 상황인 줄 알았어. 당신도 알다시피 내가 두뇌파지 육체파는 아니잖아?"

"어이구… 자기 몸을 보고 반하지 않은 여자가 없다면서 웃통을 훌렁 벗던 분은 어디 가신 건지……."

"혹시 내가 그쪽이랑 그런… 것도 한 거야?"

"그런? 기가 막혀서… 진짜… 서민후 씨 맞죠? 제가 다른 사람 잘못 찾아온 거 아니죠?"

"휴… 아니라니까 다행이네."

"그 기분 나쁜 발언은 뭐야?"

"그쪽이 매력이 없다든가 하는 건 아니니까, 그렇게 기분 나빠하지 않아도 돼."

"됐거든요!"

"왜 그리 오버야? 설마 당신 나 좋아해?"

"그게 무, 무슨 말도 안 되는 소리야?!"

"그러니까 오버 좀 그만하라고. 난 단지, 그쪽과 내가 관계를 맺었다면 나 스스로한테 실망을 했을 거라 안도한 것뿐이야."

"왜 민후 씨가 실망을 해?"

"해결책도 찾지 않은 채 중간에 포기해 버린 쓰레기란 걸 알게 되면 당연히 실망하지 않겠어?"

"꼭 사랑을 하는 게 포기하는 건 아니지 않아?"

"기억도 못 한다며. 사랑하는 사람한테 그런 몹쓸 짓을 하는 인간도 있나?"

"그렇긴 하네."

"갑자기 왜 웃어?"

"아니, 믿음직해서."

"당연하지. 이번엔 믿어도 좋아."

"설마, 변한다는 게 뭔지 알아낸 거야?"

"아니, 이제부터 알아봐야지."

"기대한 내가 바보지. 민후 씬… 참 허풍이 심한 사람 같아~"

"확실히 내가 '변했다고' 그렇게만 말한 거 맞아?"

"그게… 모르겠어… 오래전 기억이라……."

"내가 그런 중요한 걸 알아냈는데, 당신은 고작 그 몇 마디도 안 되는 것조차 제대로 기억을 못 하는 거야?"

"그래, 기억 못 한다! 내가 얼마나 힘들었는지 알아? 맨날 쫓기면서 당신이 내 말을 믿을 방법만 생각했어. 그걸 기억할 시간이나 있었을 것 같아?!"

"알았어. 또, 또 농담 한 번 했다고 죽자고 달려드네."

"농담 같아야지."

"다음부턴 말하기 전에 농담이라고 말할 테니까 진정해."

"그래. 꼭 말해. 재미없어도 웃어줄 테니까."

참 긍정적인 아가씨구만. 하긴, 이러니 그 지옥에서 버텨온 거겠지.

"뭐해?"

"아니, 고민 좀 해봤지."

"그래? 뭣 좀 생각났어?"

"우리가 처음 만났던 곳이 어디야?"

"그건 갑자기 왜?"

"창고에서 그곳으로 바뀌었다면서, 그럼 그곳에 무슨 단서가 있지 않겠어?"

"거긴 안 돼."

"왜 안 되는데? 혹시… 출입 제한 구역이야?"

"그런 건 아닌데, 그 사람이 올지도 몰라."

"무슨 말이야. 그건 또?"

"그 사람도 기억을 가지고 있어."

"뭐?"

이러면 우리한테 너무 불리한 싸움이잖아.

"혹시 내가 그자랑 싸웠을 때, 맨손이었어?"

"응. 진짜 싸움 못하더라. 어쩜 그렇게 못해?"

"농담이야? 아님, 진짜야?"

"학창 시절에 공부만 했었나 봐……?"

"그자가 뭐하는 자인지 모른다고 했지?"

"응. 근데 왜 말 돌려?"

"키는?"

"왜 말 돌리냐고?"

"왜겠냐? 대답하기 싫다는 거잖아."

"오케이~ 음… 민후 씨 키가 몇인데?"

"180. 갑자기 그건 왜 물어?"

"민후 씨보다 머리 하난 더 커."

"내 머리? 아님 당신 머리?"

"누구 머리일 거 같아?"

"내 머리인 게 낫지 않을까? 암만 봐도 내가 더 작아 보이는데."

"뭐?!"

"일일이 그렇게 화내면 지치지 않아?"

"이게 다 누구 때문인데?"

"아무튼 당신 말대로면 190은 넘는다는 말이네. 덩치는?"

"주먹이 민후 씨 머리만 했어."

"장난하지 말고."

"정말이라니까."

"주먹만 비정상적으로 컸던 거야?"

"허벅지도 민후 씨 두 배 정도?"

"넌 대체 내가 맞을 때 안 돕고 뭐 했니?"

"여자는 빠져 있으라면서요?"

"그건 예의로 말해본 거잖아. 그래서 사회생활 하겠어?"

"안 그래도 잘하고 있거든요?"

"딱 봐도 대학생이구만. 어디서 거짓말이야?"

"대학은 사회 아닌가?"

"에휴, 말을 맙시다."

무기가 있다면 이길 수 있을까? 싸움이라면 그래도 자신 있었는데… 이 아가씨 말대로 일방적으로 당했다면 힘들지도 모르겠네.

“근데, 그자도 이걸 바라고 있지 않을 것 같은데? 혹시 설득해 본 적 있어?”

“응… 천국에 온 기분이래. 영원히 계속됐으면 좋겠대.”

“혹시… 아니다.”

“왜 말을 하다 말아?”

“그놈이 마조키스트인가 뭔가 하는 게 아닐까 싶어서.”

“왜?”

“잠시도 입이 쉬지 않는 당신이랑 하루 종일 있고 싶은 걸 보면 딱 봐도 변태잖아.”

“말 다했어?”

“그러니 이렇게 입 다물고 있지 않겠어?”

“에휴… 당신을 왜 믿었는지 모르겠네…….”

변태라는 말에 안색이 변한 걸 보면 내 예상이 맞는 것 같은데… 오랜만에 화가 좀 나는구만.

“믿게 해줄 테니까, 따라만 와.”

“어딜?”

“어디긴. 앞에 경찰서 안 보여?”

뭐야? 잘 따라오다가 왜 멈춰?

"왜 그래? 혹시 너 범죄자야?"

"아니, 그건 아닌데, 이미 시도해 본 방법이야."

"어떻게 됐는데?"

"보다시피 이렇게?"

"흐음… 그런 주제에 경찰서 앞에서 태연하게 잘도 말하시네."

"그러니 그자도 우리가 설마 또 이곳으로 올 거라고는 생각 못 하지 않겠어?"

"오호… 당신치고는 머리를 좀 썼네?"

"뭐?!"

"열 그만 내고 무슨 일이 있었던 건지 말해주면 안 될까?"

"뭐… 그 사람이 칼을 들고 들이닥쳤어."

"경찰서로?"

"그래. 그렇다니까……."

"한두 명이 아니었을 텐데 그놈 하날 못 막았다고?"

"응. 아깐 장난이었지만 사실 민후 씬 잘 싸웠어… 끝까지 날 지켜주려고 했는데……."

"하아……."

물리적으론 해결이 안 되는 게 또 하나 생겼구만.

"자. 누가 내 앞에서 질질 짜는 건 딱 질색이니까 닦아."

"고마워… 근데, 무슨 남자가 손수건을 들고 다녀?"

“기본적인 예의지. 상대에 대한 배려랄까?”

“참… 알 수가 없다니까. 그런 요상한 건 다 어디서 배운 거야?”

“자연스레 몸에 배어들은 거지. 따로 배운 게 아냐.”

“눈썹이 하얗게 물든 사람이 할 이야기는 아닌 것 같은데? 상대에 따라서 불쾌해할 수도 있는 거 아냐?”

“불쾌한 모양이야?”

“아니, 처음엔 그랬는데 보다 보니까 아무렇지도 않아. 올블랙에 눈썹만 하얘서 참 패션을 모르는구나 싶은 거지.”

“다행이네. 염색한 게 아니거든.”

“뭐? 정말 염색한 게 아냐?”

“미쳤다고 내가 그런 짓을 왜 하냐?”

“그럼 태어날 때부터 그랬어?”

“그건 아니고 어느 날 일어나니까 갑자기 하얘졌어.”

“병원엔 가본 거고?”

“너무 멀쩡해서 탈이래. 근데, 넌 내 걱정이 아니라 니 걱정부터 해야 되는 거 아냐? 나야 오늘이 지나면 또 잊겠지만 넌 아니잖아.”

“딱히 해결책도 없는데… 뭐…….”

“이거 강제로라도 해결을 해드려야겠구만.”

“정말? 어떻게 할 건데?”

"우리 할배한테 이를 거야."

"씨… 농담이라고 먼저 말한다면서!"

"농담이 아니니까 그렇지."

*　　　　*　　　　*

"민후 씨. 민후 씨가 나보고 찾아가보라고 하지 않은 걸 보면……."

"당연히 너 혼자 어떻게 여길 와. 그러니 말을 안 한 거지. 놈이 알면 다 끝장이니까."

"정말 민후 씨 할아버지께서 해결해 주실 수 있을까?"

"그럼. 여태껏 우리 할배가 금전적인 문제 아닌 다른 문제들을 해결하지 못한 걸 본 적이 없거든."

"그래도 이건 그런 거랑 다르잖아."

"이런 것도 포함돼."

"어? 할배가 뭐 하시는 분인데?"

"스님."

"정말? 근데 어떻게 민후 씨가… 어머! 늦게 출가하셨나 봐……?"

할배, 웃어서 미안.

"왜 웃어?"

"올해 들은 이야기 중에 제일 재미있어서. 참 독특해. 참신하고."

"그럼 뭔데?"

"친손자도 아닌데 절에서 컸다는 게 뭘 의미하겠어?"

"설마… 민후 씨 고아였어?"

"어. 왜 갑자기 사람이 달라 보여?"

"아니, 할아버지께서 민후 씨 때문에 고생 좀 했겠구나 싶어서 그런 건데?"

"고생 좀 하셨지. 뭐, 지금도 나만 보면 못 잡아먹어서 안달이시니 그게 더 문제지만……."

"사이가 안 좋은데, 나 때문에 오는 거면 미안해."

"넌 참 미안할 것도 많다. 됐으니까 올라가기나 해."

"응."

"내 예상대로라면, 조금만 더 올라가면 할배가 절 문 앞에서 우릴 기다리고 있을 거야."

"정말?"

"어, 항상 그랬었거든. 어떻게 내가 올 줄 알고 있는 건지 모르겠다니까."

"대단하신 분이신가 보네."

이제야 좀 표정이 풀리는구만. 어라? 할배?

"왜 그래?"

"무슨 일이 있나?"

"민후 씨? 같이 가!"

"헉… 헉……."

"음? 민후 아니냐? 이놈아. 큰스님께 그리 혼나고도 아직도 경내를 그리 뛰어다니면 어쩌자는 게야?"

"경원 아저씨."

"또, 또. 경원스님이라고 부르래도!"

"알았어요. 근데, 우리 할배 또 어디 아파요?"

"갑자기 찾아와서 뜬금없이 그게 무슨 소린 게야? 큰스님께서 편찮으시다니?"

"아니. 그냥 오늘 꿈자리가 사나워서 그랬어요."

"난 또 너 때문에 내가 다 놀랐잖아. 안에 계실 테니 온 김에 뵙고 가거라."

"예. 그래야죠."

"근데, 뒤에 서 계신 시주님과는 아는 사이인 게냐? 널 노려보고 계신 것 같은데?"

아…….

"씨… 내가 같이 가자고 했지?"

"미안, 정신이 없어서 그만. 인사드려. 어릴 때부터 날 돌봐주신 경원스님이셔. 스님, 제 대학 동기예요."

"안, 안녕하세요."

“안녕하십니까. 민후 대학 동기시라구요?”

“예. 스님… 처음 뵙겠습니다. 공서연이라고 합니다.”

“민후가 친우를 데려오는 게 처음이라 반갑습니다. 곧 차를 내올 테니 안에서 편히 기다리세요.”

“스님.”

“응? 왜 그러느냐?”

“큰스님부터 만나뵙는 게 예의인 것 같습니다.”

“허허… 귀한 손님이 오시는 바람에 내 큰스님께 결례를 범할 뻔했구나. 그래, 어서 가보거라.”

“가자.”

“응. 근데 여기서 자란 거야?”

“어. 고아원에 갈 뻔한 걸 할배가 데려와서 길러주셨어.”

“보통 동자승이 될 아이를 데리고 오는 거 아니었어?”

“별걸 다 아네. 맞아. 근데 난 그냥 손자로 삼아주셨거든.”

“그래? 쉽지 않은 결정이었을 텐데, 고마우신 분이네.”

“평생 갚아도 모자라지.”

“치…….”

“왜, 또?”

“그런 사람이 예의 없게 할배, 할배. 참 할아버지께서 좋아도 하시겠네.”

“어릴 때 습관이라 고치려도 해도 이젠 고쳐지지가 않더라고. 할배도 뭐 그러려니 하시고."

"손자가 그러니까 재롱이라고 생각하시는 거겠지!"

"야. 아무리 우리 집이지만, 그래도 절이니까 조용히 좀 해."

"아… 미안."

"할배! 나 왔어요!"

어이없는 눈빛으로 쳐다보는 그녀를 지나쳐 방문을 열어젖히자 손에 든 염주를 내려놓으며 할배가 언제나처럼 나를 반겨왔다.

"민후, 니가 어쩐 일인 게냐……?"

"뭘 어쩐 일이에요. 오랜만에 보고 싶어서 찾아왔죠. 어서 들어와."

"응? 손님이 있는 게냐?"

"어쩌다 그렇게 됐어요."

"그래?"

"안녕하세요. 공서연이라고 합니다."

"그래요. 반가워요. 근데, 우리 민후와는 어떤 사이인지?"

"그게……."

"뭘 망설여. 할배, 사실 오늘 처음 보는 사이예요."

"음? 뭐라고?"

"왜 그리 놀라요. 할배답지 않게."

"이놈아! 친우조차 데려오지 않던 놈이 갑자기 손님을 데리고 오니 내 놀라지 않겠느냐!"

"저 아가씨 놀란 거 안 보여요?"

"미안허이. 늙은이가 주책을 부리고 말았구먼……."

"괜찮습니다."

"그래. 시주께선 무슨 사연이 있길래, 예까지 발걸음을 하셨는고?"

"예?"

"뭘, 예야? 아까까지만 해도 입이 쉬지 않던 주제에."

"민후야."

"알았어요… 근데, 저한테 직접 듣는 편이 빠르실 거예요."

"뭐라고? 설마, 무슨 일이라도 당한 게냐?"

"예. 당했죠. 일단 할배가 마중을 안 나와주셨으니까요."

"허!"

"할배, 왜 그래요?"

"이제 보니 천기가 뒤틀린 모양이구나."

정말 귀신이라니까…….

"근데, 대체 이게 어떻게 된 일인지 모르겠구나……."

할배가 모른다고?

"뭐예요? 방금 천기가 뒤틀렸다고 하셨으면서 모르신다니요?"

"이놈아… 천기를 뒤틀린 원인을 모르겠다는 게잖아."

"그거라면, 제가 알고 있어요."

"민후, 네가?"

"예, 안 그랬으면 제가 여기까지 올 일도 없잖아요."

"그래. 무슨 일인지 말해보거라."

"그게… 실은 이 아가씨와 관련이 있는 모양이에요."

"음?"

"같은 날이 반복되고 있다나 봐요."

"같은 날? 설마……."

"역시 할배는 아시는 모양이네요."

"민후야."

"왜요?"

"무언가, 아니, 어쩌면 누군가가 시간의 흐름을 막고 있는 것 같구나."

할배, 대체 오늘따라 왜 그러세요. 사람 불안하게…….

"그래서요. 해결책이 뭔데요?"

한숨을 내쉰 할배가 천천히 고개를 저었다.

"할배. 왜 말씀이 없으세요. 저 아가씨 불안해하는 거 안 보여요?"

"아가씨."

"예… 스님……."

"미안허이……."

"예? 그게 무슨 말씀이신지?"

"먼 길을 왔을 텐데… 이 일은 애석하게도 이 늙은이가 도와줄 수가 없을 것 같으이."

"할배!"

"민후야… 내 어찌 돕고 싶지 않겠느냐……."

"전에 승민이 녀석이랑 왔을 때도 그렇게 말해놓고 결국 할배가 다 해결했잖아!"

"그건 내가 아니라 네가 해결한 것이지 않느냐? 안 그러느냐?"

대체… 어디까지 알고 계신 거지?

"무슨 말이에요……?"

"그건 본디 너로 인해 일어난 일이었잖느냐. 절간에서 늙어가는 노인인 내가 어찌 뒤바뀐 사람의 영혼을 다시 제자리로 돌려놓는 법을 알고 있겠느냐? 그저 부처님의 뜻대로 구천을 떠도는 불쌍한 혼령을 본래 있어야 할 장소로 인도한 것뿐이었다."

"할배, 그럼 처음부터 다 알고 계셨어요?"

말없이 내 머리를 쓰다듬어 주시던 할배가 언제나 마음을 편하게 만드는 인자한 미소를 지으며 나를 바라보셨다.

"민후야, 이번에도 너와 관련이 있는 것 같구나."

그럴 리가…….

"할배, 무슨 소리예요? 난 전혀 모르는 일이에요."

"알고 있으니, 진정하거라."

"지금 내가 진정하게 생겼어요? 야! 공서연 너까지 왜 그래? 난 정말 모르는 일이라니까."

"아가씨, 이 아인 무슨 일인지 알지 못할 터이니 너무 미워하지 말아주세요."

"예, 스님… 근데, 스님께서도 해결을 하지 못하신다면 전 평생 이렇게 살 운명인 건가요?"

"그래. 할배, 이제 어떻게 해야 돼?"

"허어… 글쎄다… 이걸 어찌해야 할지……."

"할배!"

"민후 씨!"

"어?"

"스님께서 생각 중이시잖아. 민후 씨답지 않게 왜 이래?"

"미안… 머리가 복잡해서 내가 잠깐……."

내가 관련이 됐다니… 그럼 이건…….

"스님, 뭔가 떠오르셨습니까?"

"어쩌면 그라면 해결해 줄지도 모르겠구나."

"그라니요? 스님, 대체 누구를 말씀하시는 거예요?"

"그래, 할배. 누군지 말해봐요. 할배가 그렇게 말하는 걸 보면 평범한 사람은 아닐 거 아니에요?"

"내가 괜히 일을 크게 만드는 건 아닌지 모르겠구나. 이게 잘하는 짓인지……."

고개를 저으며 눈을 감았다 뜬 할배가 천천히 입을 여셨다.

"민후야."

"예. 말씀하세요."

"승민 군을 찾아가거라."

누구? 승민이라면, 설마 최승민?

"내가 아는 그놈?"

"그래. 그라면 너를 도울 수 있을 게다."

"할배도 못 한 일을 걔가 어떻게……."

잠깐… 그러고 보니까 그 녀석… 생령을 봤었잖아. 내가 아는 사람들 중 생령을 본 사람은 할배와 그 녀석뿐이고…….

"대체 그놈, 뭐 하는 놈이에요?"

"그리 말하는 걸 보니 짐작 가는 게 있는 모양이구나. 그저 전생에 네 목숨을 구한 인연이라고만 알고 있거라."

"그렇게 말하니까 더 모르겠잖아요. 하아… 일단 지금 급한 건 그게 아니니, 그건 이 일을 해결하고 와서 들을게요. 꼭 말씀해 주셔야 돼요?"

"민후 씨. 어디 가?"

"할배 말 못 들었어? 그놈 만나러 가야지."

*　　　　*　　　　*

“민후 씨가 가자고 하니까 따라가긴 하는데, 그 승민이란 사람 정말 믿을 만한 사람이야?”

“고지식한 데다 신념까지 확고한 외골수라 적이라면 그놈만큼 까다로운 놈도 없지만 아군이라면 놈만큼 든든한 놈도 없어.”

“웬일로 민후 씨 평가가 후하네?”

“본 대로 말한 것뿐이야.”

“근데 왜 이렇게 표정이 안 좋아? 스님께서도 아시는 걸 보면 친한 사이 아냐? 들어보니까 둘이서 뭘 같이 해결했다며?”

“그냥 대학 다닐 때 의견 차이가 조금 있어서 날 별로 안 좋아해. 그때도 서로 목적이 같아서 힘을 합친 것뿐이거든.”

“안 봐도 훤하네. 민후 씨가 먼저 시비 걸었지?”

“시비를 건 건 아닌데…….”

“아니긴 뭐가 아냐? 표정 관리 못 하는 걸 보면 맞구만.”

“어린 날의 치기… 아니다, 그냥 그렇게 생각하는 게 편하겠네. 어쨌든 미안하게 됐다.”

“뭐가?”

“나 때문에 그 녀석이 부탁을 안 들어줄지도 모르니까.”

“참… 걱정도 많으셔. 나 혼자서라도 어떻게든 해결할 거니까, 미안해하지 않아도 돼. 봐봐? 지금까지 잘해오고 있잖아."

"그래, 내가 또 기억을 못 하더라도 꼭 끼워주고."

"그건 생각 좀 해봐야 할 것 같은데?"

"왜?"

"입만 열면 허풍에다 실력은 없으니까 그렇지~"

"이거 할 말이 없네. 그래도 조심해."

"뭘 조심해?"

"뭐긴 뭐야? 그러다 한번 빠지면 헤어 나오지도 못하니까 그렇지."

"어디에? 설마 민후 씨한테?"

어이가 없다는 듯 배를 잡고 웃던 그녀가 정색을 하며 말했다.

"기가 막혀서. 그쪽이나 나한테 반하지나 마. 나중에 울고불고 매달려도 민후 씬 내 스타일 아닌 거 알지?"

"피차일반이니 다행이네."

"그러게. 쓸데없는 얘긴 그만하고, 얼른 승민 씨란 사람이나 만나러 가보자. 근데 잘생겼어?"

"그놈? 전혀……."

"오~ 왠지 기대가 되는걸. 뭐 해? 안 갈 거야?"

"괜히 헛걸음할 필요 없잖아. 전화부터 해보고."

"자리 비켜줘?"

"됐다. 어차피 그놈이 오면 나랑 그놈 사인 다 알게 될 텐데 뭐. 지금도 잘 알잖아?"

"응. 그러니까 평소에 착하게 좀 살지. 으휴……."

"초면인 사람한테 할아버지가 위급하다고 속였던 분이 할 말은 아닌 것 같은데?"

"전화 안 해?"

"안 보여? 신호 가는 거."

이미 부재중 통화가 떠 있는 걸 본 서연이 미간을 찌푸렸다.

"진짜… 민후 씨를 어지간히도 싫어하나 보네."

"그러게나 말이야. 나름대로 화해를 했는 줄 알았는데 아닌가 봐."

"뭐라고 했는데?"

"다음에 만나면 웃으면서 보자고."

"장난해? 그게 싸우자는 거랑 뭐가 달라."

"뭐가? 나름 잘 지내보자고 한 거구만."

"그냥 미안하다고 하면 되는 걸 가지고… 에휴… 자존심만 세 가지고."

"했거든?"

"정말? 이제 봤더니 승민이란 사람 너무하네! 사람이 사과를 하면 받아줘야지!"

—여보세요.

"승민이냐?"

—어. 근데 니가 웬일이냐? 또 뭐 부탁할 일이라도 생겼냐?

"귀신이네. 그래서 그런데 지금 만날 수 있을까?"

—일없다. 그리고 그게 부탁을 한 거냐? 협박을 한 거지?

황급히 입을 막던 서연이 협박이라는 말에 대체 무슨 일이냐고 묻는 것처럼 눈을 크게 뜬 채 이쪽을 노려봤다.

"미안. 그땐 내가 너무 급한 일이라서, 그래도 수사에 도움은 줬잖아."

—뭐… 그랬긴 했지. 그래서 서로 퉁 치기로 한 거 아니었나? 이제 서로 볼일 없잖아.

"나도 그럴 줄 알았는데, 광현이 녀석도 있고. 그게 마음처럼 되겠냐?"

—광현이는 갑자기 왜 들먹거려? 너 또 그놈한테 이상한 소리로 바람 불어넣으면 이번엔 정말 가만 안 있어. 스님 얼굴 봐서 참고 있을 때 알아서 잘해라. 그럼 이만 끊는다.

"야! 끊더라도 사람 말은 좀 들어보고 끊어라."

—어차피 또 누굴 만나 달라는 쓸데없는 부탁일 텐데 일없다.

"내 일이 아니야."

—뭐?

"이제야 좀 흥미가 생기나 보네."

—한 번만 더 허튼소리 하면 끊을 거니까 용건만 말해. 누구 일인데? 혹시 스님께…….

"할배는 절에서 잘 계시고 있으니까 염려 안 해도 돼. 실은 길에서 어떤 아가씨가 날 붙잡고 부탁을 해왔어."

—무슨 부탁?

"어떤 남자가 칼을 들고 자기를 쫓아왔대."

—그래서 그 아가씨는 지금 어디 있는데.

"내 옆에."

—삼시까지 패스했다던 놈이! 뭐 하는 거야? 바로 경찰서로 데려갔어야지, 인마!

"말 좀 들어라. 나라고 안 그러고 싶었겠냐? 미친놈이 나까지 죽이려고 쫓아와서 간신히 따돌리고 너한테 전화한 거야."

—안전한 건 확실해?

"어. 택시 타고 절까지 왔으니 못 쫓아왔을 거야."

—절이라면? 설마 법문사? 서울에서 쫓기던 게 아닌 거야?

"맞아. 내가 얼마나 급했으면 여기까지 왔겠냐……."

—기다려. 지금 바로 갈 테니까.

"고맙다."

—오늘 뭐 잘못 먹었냐? 흰소리는… 이래 봬도 검사야. 공은 공이고 사는 사지. 전화 끊는 대로 경찰에 지원 요청할 거

니까, 나보다 경찰들이 먼저 갈지도 몰라. 그렇게 알고 있어.

"야!"

—왜?

"너 혼자 와줬으면 하는데."

—뭐? 미쳤어?

"그게, 사정이 조금 있어서 말이야."

—뭔데? 그 사정이라는 게…….

"일단 믿고 와주면 안 되겠냐?"

—내가 너를 어떻게 믿어. 같이 쫓기고 있다는 여성분 바꿔 봐.

"기다려. 받아봐."

"나? 갑자기 왜?"

"난 못 믿겠대."

"내가 받아서 뭐라고 해?"

"그냥 미친놈한테 쫓겨서 겁먹은 척하면 돼. 사실이잖아?"

"에휴… 여보세요."

—안녕하십니까. 서울 중앙지검에서 일하고 있는 검사 최승민이라고 합니다. 괴한한테 쫓기던 중이라고 하던데 맞습니까?

"예… 갑자기 쫓아와서요."

—아… 그러셨군요. 많이 놀라셨겠습니다. 괜찮으신가요?

"예… 민후 씨 덕분에……."

—다행이네요. 혹시 다치신 곳은 없으시구요?

"예, 다친 곳은 없어요."

—성함이 어떻게 되십니까?

"공서연이라고해요."

—알겠습니다. 서연 씨, 민후 녀석… 아, 죄송합니다. 친구 말로는 경찰은 안 된다고 하던데, 특별한 이유라도 있으신가요?

"그게… 그 괴한이 경찰복을 입고 있어서요……."

—정말입니까?

"예… 그래서……."

—무슨 말씀인지 알겠습니다. 민후 군 좀 바꿔주실 수 있겠습니까?

"예……."

"여보세요."

—버스 정류장 알지? 거기서 기다려.

"오케이. 그럼 조금 이따 보자구."

"진짜… 민후 씨를 어지간히도 싫어하네. 근데 말하는 거 들어보니까 착한 것 같던데 대체 무슨 짓을 한 거야? 단순한 의견 차이는 아닌 것 같은데?"

"남자들만의 사정이라… 넌 말해도 몰라."

"혹시 승민 씨라는 사람 여자라도……."

"내가 그런 쓰레기로 보이냐?"

"아니, 남자들만의 사정이 그럼 대체 뭔데?"

"있어. 그런 게."

"있기는 개뿔. 근데 스님께 부탁드리면 되는 거 아냐? 왜 일을 힘들게 만들어?"

"한 번은 해결해야 할 일이니까. 그리고 쪽팔리잖아."

"하여간 자존심은……."

"잘됐으니까 된 거 아냐?"

"되긴 뭘 돼? 이젠 뭐라고 설명할 건데?"

"뭘 뭐라고 해. 사실대로 말해야지."

"가뜩이나 사이도 안 좋은데, 퍽이나 믿어주시겠다."

"믿게 될 거야."

"그 근거 없는 자신감은 어디서 나오나 몰라……."

"버스 정류장에서 만나기로 했으니까 일단 움직이자."

"그래. 근데 말이야."

"응? 또 왜?"

"아니, 궁금해서."

"당신 말 들어보면 나에 대해선 웬만한 건 다 말해준 것 같은데 뭐가 또 궁금해?"

"뭐긴 뭐야. 민후 씨랑 그 승민이란 사람이랑 해결했다는 사건 말이야."

역시, 그건가.

“스님께서 말씀하시기론 사람의 영혼이 바뀌었다고 하지 않았었나?”

“그랬지.”

“민후 씨가 그걸 어떻게 해결한 거야?”

“우연히…….”

“우연이라고 말하기엔 너무 비현실적인 이야기 아냐?”

“절에서 꼬마 아이가 혼자서 뭘 하겠어? 이곳저곳 들쑤시면서 놀다가 우연히 그것에 대한 책을 읽었던 것뿐이야.”

“으흠… 그 책에 해결책이 나와 있던 거야?”

“뭐, 비슷해.”

“참 신기하네.”

“뭐가?”

“영혼이 바뀌고 시간이 반복되고. 안 신기하게 생겼어?”

더 신기한 것도 많아…….

“그러네. 나야 뭐 할배 곁에서 별의별 일을 다 겪었으니 그러려니 넘어가겠지만, 넌 아니겠다.”

“또 무슨 일이 있었는데?”

“그냥 빙의라고 하나? 귀신 들린 사람들도 가끔 찾아오고 그랬어.”

“정말 사람 몸속에 귀신이 들어갈 수도 있는 거야?”

"영혼도 바뀌는 마당에 그게 뭐 대수겠냐만, 어릴 땐 할배가 사기꾼이 아닐까 생각했던 적도 많았어. 돈을 안 받으셨으니 그러려니 한 거지."

"하긴, 근데……."

"잡담은 그만하자."

"왜? 불편해?"

"아니, 도착했어."

"정말? 저 차야?"

"응. 봐봐. 이쪽으로 오잖아."

버스 정류장 근처 도로변에 차를 세운 승민이 녀석이 운전석에 내리고 있었다.

"어이! 최승민."

사람 무안하게…….

"이분이셔?"

"어. 근데, 사람이 손을 흔들면 좀 받아주면 덧나냐?"

"쓸데없는 말을 하는 건 여전하구나. 안녕하십니까. 공서연 씨 맞으시죠?"

"예. 안녕하세요."

"전화로 인사를 드렸던 중앙지검 검사 최승민입니다. 지금부터 몇 가지 질문을 드릴 겁니다. 말씀하시기 불편하실 수도 있으시겠지만, 사건을 해결하려면 꼭 필요한 일이니 양해 좀 부탁드립니다."

"예. 괜찮아요."

"그럼 일단 괴한의 인상착의를 말씀해 주실 수 있겠습니까?"

"예… 그게 검은색 복면을 쓰고 있었고……."

"잠시만요. 검은색 복면을 쓰고 있었다구요?"

하여간… 역시 상대하기 까다로운 놈이라니까.

"예… 왜 그러시는지?"

"아까 통화 중엔 경찰 복장을 하고 있다고 하셨는데, 설마 괴한이 경찰복을 입고 복면을 쓰고 있었던 겁니까?"

"예?"

당황하는 서연의 모습에 대체 어떻게 된 거냐는 듯 날카로운 눈빛을 빛내며 녀석이 이쪽을 바라봤다.

"야, 서민후."

"미안. 거짓말 좀 했다."

"뭐? 그럼 전부 다 거짓이었던 거야?"

"그건 아냐. 그놈이 경찰복을 입고 있었다는 것만 거짓이니까."

"대체 왜 서연 씨께 그런 거짓말을 하게 만든 건데?! 너한텐 세상일이 다 우습냐?"

"그럴 리가 있겠냐. 경찰이 오히려 방해가 될 뿐이니까 그렇게 한 거야."

"경찰이 방해가 된다면, 나도 다를 것 없잖아. 딱 봐도 또 엉뚱한 일을 꾸미다가 범죄 조직에 쫓기고 있는 상황 같은데."

"니가 나를 어떻게 생각하는 지 잘 아는데, 아까 너한테 한 말 다 사실이야. 무슨 일을 꾸민 적도 없고."

"하아… 너라면 이 상황에서 그걸 믿겠냐? 그래. 그렇다 치자… 대체 난 왜 부른 거냐?"

"너라면 믿어줄 테니까."

"입만 열면 거짓인 니 말을?"

"그래. 경찰을 부르지 말라고 한 건, 초현실적인 사건이라서 그런 거야."

"초현실? 그게 뭔데?"

"기억 안 나냐? 우리 같이 해결했잖아?"

"너랑 내가 뭘……."

"생각났나 보네."

"정말이야? 그럼 설마, 또 사람이 바뀌기라도 한 거야?"

"그건 아냐."

"휴… 그럼 뭔데?"

"저 아가씨가 오늘을 계속 산다나 봐."

"뭔 소리야… 하루가 반복되기라도 한단 말이야?"

"역시 여전히 눈치 하난 빠르네."

"그걸 지금 나보고 믿으라는 거냐……?"

"그래. 믿어줬으면 좋겠다."

"서연 씨, 저 말이 사실입니까?"

"예. 사실이에요."

"하… 이야기가 길어질 것 같은데, 서연 씨는 일단 제 차에 타 계세요."

"민후 씨."

"걱정 말고 승민이 말대로 차에 타 있어. 그 편이 더 안전하니까."

"응."

서연이 보조석에 타는 모습을 지켜보던 녀석이 내게 따라오라는 손짓을 보냈다.

"서민후."

"왜? 불렀으면 말을 해."

"미쳤냐, 진짜? 넌 저 말을 믿는 거야?"

"처음엔 안 믿었어. 근데, 우리 할배가 위급하다고 거짓말을 한 거 있지?"

"스님을 알고 있었다고?"

"그래, 우리 할배 법명을 대더라고."

"그리고 또?"

"뭘 또야?"

"니가 그런 것 하나 때문에 사람을 믿을 놈이 아니잖아. 안 그래?"

"그렇긴 하지. 근데, 나에 대해서도 잘 알고 있더라고."

"직접적으로 하루가 반복된다는 걸 본 건 아니란 말이네."

"어, 하루가 지나면 저 아가씨랑 그 괴한을 빼면 전부 기억을 잃는다나 봐."

"넌 그 괴한을 보긴 한 거야?"

"아니. 보진 못했어."

"너 정말 내가 아는 그 서민후 맞냐?"

"뭐? 그게 무슨 소리야?"

"이런 말도 안 되는 소리를 믿고 있으니까 그런 거 아냐. 이럴 게 아니라, 저 아가씨 정신감정부터 받아보는 게 나을 것 같다."

"그 후엔?"

"괴한한테 쫓기고 있다니까, 수배 때리고 보호해야지. 결국 하루가 지나면 답이 나오는 거 아닌가? 저 아가씨가 거짓말을 한 건지 아니면, 정말 하루가 반복되는 건지."

"어떻게 하루가 반복되는 걸 알아낼 건데?"

"하루가 생각보다 짧지 않잖아. 그동안 내 개인적인 이야기를 들려주려고."

"야, 재 목숨 걸고 나 찾아온 얘야. 그렇게 무책임하게 말해야겠냐?"

"나로썬 최선을 다하고 있는 거야. 사람 영혼이 바뀐 그 일을 겪지 않았다면 너랑 이런 말도 나누지 않았을걸? 그리고 니 말이 사실이라면, 다음번엔 나 역시 저 아가씨를 믿지 않겠냐?"

"그럴 기회가 없다면?"

"무슨 말이야?"

"말했잖아. 그 괴한도 기억을 가지고 있다고."

"해결책도 모르고 있는 마당에 그럼 대체 뭘 어쩌자는 건데? 그리고 너도 뭔가 미심쩍으니까 여기까지 와놓고 스님께 찾아가지 않은 거 아냐?"

"미안하지만, 찾아갔었어."

"뭐? 스님께서 뭐라고 하셨는데?"

"할배 힘으로는 역부족이래."

미간을 잔뜩 찌푸린 녀석의 짜증 섞인 목소리가 정류장에 울려 퍼졌다.

"그걸 왜 이제야 말하는데! 그럼 진작 믿었을 거 아냐!"

왜긴, 네놈이 날 어떻게 생각하는지 알아야 했으니 그랬지.

"말하기도 전에 니가 쏘아붙였잖아. 말할 틈이나 줬으면 몰라."

"그래, 그건 내가 미안하다. 근데, 스님께서도 해결하시지 못하신 일이면 정말 큰일이잖아?"

"그래. 하아… 할배가 너라면 해결할 수도 있다고 하셨는데, 돌아가는 꼴을 보니 그것도 아닌 모양이다."

"내가? 스님께서 정말 그리 말씀하셨어?"

할배… 정말 이놈이 해결해 줄 수 있는 거야?

멍한 눈빛으로 이쪽을 바라보는 녀석을 보니 한숨만 나왔다.

"그래… 대체 할배는 무슨 생각인 건지 모르겠다. 혹시 감추고 있는 능력이라도 있냐?"

"그런 게 있었으면 처음부터, 니 말을 믿지 않았겠냐… 그래도 스님께서 내가 해결할 수 있다고 말씀하셨다면, 분명 무슨 방법이 있긴 할 거야. 일단 움직이자."

"어떻게 하려고?"

"뭘 어떻게 해. 그 망할 놈부터 유치장에 처넣고 시간을 다시 움직일 방법을 생각해 봐야지."

"근데, 넌 뭔 사연이 있길래 우리 할배 이야기만 나오면 끔벅 죽냐?"

"말했잖아. 사주를 봐주셨는데, 덕분에 큰 도움을 받았다고."

단순히 그런 이유는 아닌 것 같은데……?

"그래? 아무튼 잘 해봅시다."

"우리가 악수를 할 사이는 아니지 않나? 쓸데없는 짓 할 생각 없으니까 차에 타기나 해."

짜식, 사람 무안하게 만드네.

"그래. 하긴 이게 우리한테 더 어울리지."

* * *

"민후 씨……."

"잘 해결됐으니까 어울리지도 않는 표정은 그만 짓고 안전벨트나 매."

"참 나. 그래. 걱정한 내가 바보지."

"혼자서 고생 많으셨습니다."

"아니요. 고생은요……."

"어떻게든 민후와 제가 해결해 드릴 테니 걱정 마세요."

"감사합니다."

아까까지만 해도, 어떻게 해결하냐고 난리 법석을 피운 놈이… 에휴…….

"근데 승민 씨라고 불러도 될까요? 아니면……."

"편하신 대로 부르십시오. 근데 민후한테 말을 놓은 걸 보면, 저희랑 같은 나이이신 것 같은데 참 동안이시네요."

"아니요… 아직 대학생인걸요."

"예? 그럼……."

"민후 씨가 먼저 제안을 해서 어쩌다 보니 그렇게 됐어요."

"아, 그러셨군요."

"내가 워낙 개방적이잖아."

"그래, 너무 개방적이라 가끔은 니가 절에서 자란 것도 까먹게 돼서 문제지."

"절에서 자랐다고 고리타분하고 그러면 세상이 재밌겠냐? 가끔은 나 같은 놈도 있어야 살맛 나는 거지."

"그것도 어느 정도여야지. 서연 씨, 저 녀석 때문에 힘들었죠?"

"아뇨… 오히려 재미있었는걸요."

"봐봐. 승민이 니가 너무 고리타분한 거라니까."

"뭐 하는 거야? 운전하는 사람 몸에 갑자기 손을 대면 어떡하냐?"

짜식, 오버는…….

"그래. 승민 씨 말대로 뭐 하는 거야?"

"이야, 얼마나 됐다고 고새 저놈 편을 드냐?"

"편은 무슨… 민후 씨가 짓궂게 구니까 그렇지."

"그래. 내가 또 죽일 놈이다."

"에휴… 은근히 소심하다니까. 근데, 지금 어디 가는 거야?"

"아, 죄송해요. 제가 말씀을 못 드렸네요. 서울 중앙지검으로 가고 있는 중입니다."

"아… 승민 씨께서 근무하시는 곳이요?"

"예, 해결책을 찾을 동안, 그 괴한부터 잡으려고요……."

끼이이익…….

"야! 최승민! 너 미쳤어?! 차라도 있었으면 큰일 날 뻔했잖아?"

"민후 씨… 승민 씨 무슨 병 있어?"

"아니, 내가 알기로는 없는데?"

"근데 왜 이러시지?"

서연의 다급한 음성에 정신을 수습하고 앞을 보자, 급정거로 인한 충격 때문인지, 승민이 녀석이 핸들에 머리를 기댄 채 신음을 흘리고 있었다.

"인마! 그러게 조심 좀 하지. 괜찮아?"

"아… 조용히 좀 해. 너 때문에 머리가 더 울리잖아……."

"지금 화내야 할 사람이 누군데… 어이가 없네."

"하아… 근데, 넌 왜 내 차에 있냐? 여긴 또 어디고……."

"뭐? 이 자식 지금 뭐라는 거야?"

"승민 씨 괜찮으세요?"

"걱정해 주셔서 감사합니다. 근데, 누구십니까?"

뭐야? 이 자식. 무섭게 갑자기 왜 이래?

"너 왜 그래? 일단 내려봐. 아무래도 병원부터 가는 게 나을 것 같다."

"너 서민후냐?"

"그럼 내가 누구겠냐?"

"니가 왜 여기 있어?"

"왜긴, 내가 널 불러서 니가 온 거잖아."

"그게 아니라, 죽은 놈이 어떻게 내 앞에 있냐고 묻고 있는 거잖아."

"뭐……? 죽긴 누가 죽었다는 거야? 핸들에 머리를 들이박더니 정신이 오락가락하냐?"

"뭐지? 꿈인가? 아니면……."

짝! 순식간에 손을 뻗어 자신의 뺨을 내려친 승민이 녀석이 붉게 달아오른 볼을 매만지며 인상을 찌푸렸다.

"뭐 해?"

"입안이 터진 걸 보면, 꿈은 아닌데……."

"승민 씨, 정말 괜찮으세요……?"

서연의 물음에 녀석은 머리를 한 번 흔들며 그녀에게 물었다.

"예… 머리가 조금 아픈 것 말고는 괜찮습니다. 근데, 조금 전에도 여쭤본 것 같은데 누구십니까?"

"괜찮기는… 방금 전까지 같이 말 섞은 사람도 기억 못 하는 놈이……."

"혹시 이분 니 애인이야?"

"뭐라는 거야? 지금."

이거 갈수록 첩첩산중이구만.

"너 정말 하나도 기억 안 나? 여기까지 어떻게 온 건지?"

"어… 내가 기억하는 건… 아……."

"야, 됐어. 일단은 그냥 시트에 누워서 좀 쉬어."

"아닌데… 그래… 생각났어. 공서연."

"사람 놀래키더니, 이제 기억 나냐?"

"그래. 근데, 꿈이 아니라면 말이 안 돼."

"뭐가 말이 안 되는데?"

"방금 전까지 분명 난 네놈 장례식장에 있었으니까."

"내 장례식?"

"그래. 그리고 내가 이분 이름을 아는 건 니가 살해당한 국회의사당 살인 사건의 또 다른 피해자이기 때문이야."

할배. 대체 이놈 정말 정체가 뭐예요……?

"그러니까, 니 말은 니가 내 사건을 수사 중이었다고? 갑자기 또 왜 웃어? 사람 겁나게……."

"너라면 안 웃겠냐?"

"웃을 만한 상황은 아닌 것 같은데."

"그래……? 나라면 웃길 것 같은데. 내 앞에서 누군가가 내가 죽었다고 말하면 말이야. 안 그러냐?"

"생각해 보니까 그러네."

"야, 서민후. 나한테 감추고 있는 게 뭐야? 대체 이건 어떻게 된 일이고."

"그건 내가 너한테 묻고 싶은 말이다."

*　　　*　　　*

"그러니까 내가 본 게 사실이고, 여기가 또 다른 시간의 틈일 거라고?"

"어. 니가 우리를 살해할 괴한을 막아달라는 도움 요청을 받고 여기로 올 때만 해도 넌 아무것도 모르고 있었어."

"그러니까 니 예상대로라면, 아까까지만 해도 나는 다른 시간 속에 살고 있던 최승민이었다……? 그렇다 치자, 그럼 난 대체 어떻게 여기로 온 건데?"

그걸 내가 알 리가 있나…….

"어쩌면, 스님께서 보내주신 게 아닐까요?"

"서연 씨, 스님이시라면 진명스님을 말씀하시는 겁니까?"

"예, 스님께서 승민 씨라면 이 사건을 해결해 줄 수 있을 거라고 하셨거든요……."

"제가요? 민후 녀석 말이 사실이라면, 제가 사건을 해결하긴 했었습니다."

"그게 무슨 말인가요?"

"니가 해결했다고?"

"어, 그 살인 사건의 범인을 잡았거든. 비록 시체였지만……."

"영등포 경찰서에서 맡았다면 너네 관할이 아니잖아. 니가 그 사건을 왜 맡아?"

"너 같은 놈도 친구라고 여겼나 보지."

"뭐?"

"원랜 맡지 않으려고 했어."

"근데?"

"죽기 직전에 나한테 연락을 하려다가 살해당한 놈을 어떻게 내버려 두냐."

"내가 너한테 연락을 하려고 했었다고?"

"그래. 미처 통화 버튼을 누르기 전에 박성구인지 하는 그 미친놈한테 죽었지만."

"박성구? 그 자식 이름이야?"

"어, 그놈을 체포하려다가 출동했던 경찰 다섯 명 중 세 명이 죽고 두 명이 중상을 입었어. 그러고는 스스로 목숨을 끊더라. 아무리 봐도 단단히 미친놈이야."

"그랬겠지. 목숨을 끊더라도 다음 날이 되면 살아날 테니까."

"시간이 반복된다던 게 서연 씨만 그런 게 아니었어?"

"그래. 무슨 연유인지는 모르겠지만 놈도 같은 힘을 가지고 있어."

"그래서 그리 당당했구만."

"뭐가?"

"사건 현장에 지문이 덕지덕지 묻어 있었고, 현장에서 얼마 떨어지지 않은 곳에 숨어 있더라고. 아니, 기다리고 있었다고 하는 게 더 낫겠다."

"혹시 놈의 몸에서 뭔가 발견된 건 없어?"

"모르겠어. 체포하고 나서 바로 니 장례식에 갔었으니까."

"아쉽네……."

"왜? 저번 반지 사건이랑 비슷한 사건이야?"

"반지 사건이요?"

"죄송합니다. 서연 씨께선 알지 못하실 겁니다."

"아… 혹시 그 반지 사건이 영혼이 뒤바뀌었다던 그 사건인가요?"

쓸데없이 그런 것까지 말해줬냐는 눈초리로 바라보던 승민이 녀석이 애써 미소를 지으며 서연에게 말했다.

"예. 맞습니다. 민후에게 들으셨나 봅니다……."

"뭐만 하면 나냐? 할배가 말해준 거지, 내가 말한 거 아니거든?"

"그랬냐… 미리 알았다면 좋았을걸. 그랬다면 그 자식의 몸을 샅샅이 뒤졌을 텐데."

장례식장에 갔다라… 그럼 서연이 말대로 할배가 놈을 이쪽 세상으로 보낸 건가?

"근데, 내 장례식장에 갔다 왔다고?"

"어, 몇 분 전에 영정사진 앞에서 향까지 피웠는데, 이렇게 살아 있는 걸 보니까 기분이 묘하네……."

"그럼 할배도 봤겠네?"

"퍽도 그런 말이 나오냐. 제발 스님께 잘해라."

"그게 무슨 말이야?"

"스님께선 니 장례식장에 참석하시지 못하셨어."

"뭐? 할배가 왜?"

"니 사망 소식을 듣고 쓰러지셨거든."

할배…….

"이거 본의 아니게 여러 사람한테 피해를 준 모양이네."

"지금 그게 중요하냐. 이제 어떻게 할 거야? 시간은 어떻게 다시 움직일 수 있는 건데?"

"그걸… 니가 해결할 수 있다고 하셨어."

"그럼 스님께서 말씀하신 게, 놈을 잡는 게 아니라… 내가 시간을 움직인단 말이었어? 대체 어떻게?"

"몰라! 인마! 원래 일단 해결책을 찾기 전에 놈을 체포하기로 했었는데, 니가 갑자기 지금처럼 요상한 소리를 해댄 거야."

"흐음……."

"왜 그래?"

"아니, 내가 여기로 온 것도 어떻게 보면 시간을 움직인 거잖아?"

"그렇다고 볼 수 있지?"

"내가 정신을 잃었다고 했지? 그때 뭐 기억나는 거 없어?"

"전혀……."

"서연 씨도 짐작 가는 게 전혀 없습니까?"

"예… 사실 전 스님께서 승민 씨를 이쪽 세상으로 오게 하신 줄 알았어요."

"그럴 순 없어요. 진명스님을 뵙긴 했지만 침상에 누워 계셨거든요."

"혹시 우리 할배가 잠시 정신을 들거나 하시진 않았던 거야?"

"스님께서 많이 위독하셔서 내가 직접 병원으로 모시고 갔었어."

"그랬냐? 고맙다……."

"고맙긴… 그나저나 웬수 같던 네놈도 이렇게 보니까 반갑긴 하구나."

"내가 좋아해야 하는 건가?"

"아니, 그럴 필요 없어. 벌써 꼴도 보기 싫어지고 있으니까."

"하여튼 싸가지 하고는… 넌 왜 웃어?"

"아니, 사실은 둘이 친하게 아닌가 싶어서."

"저랑 이놈이랑요?"

"이젠 너까지 정신이 이상해진 거야? 어딜 봐서?"

"글쎄? 아니면 말고."

"하아… 곧 있으면 해도 질 것 같은데, 이렇게 잡담이나 하면서 시간을 낭비해야 하나. 할배도 아니면 대체 어떻게 된 거지……."

"정말 아무런 단서도 없는 거야? 왜 이런 일이 벌어지는 건지?"

"할배 말로는 누군가, 아니면 무언가가 시간을 막고 있다고 했어. 그 말은 그놈이 무언가로 막고 있다는 게 맞지 않겠냐?"

"그럼 일단, 놈을 잡아야겠네."

"아니, 승민이 니 말도 일리가 있지만, 해결책을 찾는 게 우선이야."

"왜?"

"놈이 자살을 했다며?"

"만에 하나 또다시 그놈이 자살을 하면, 일이 틀어질 수도 있다는 거야?"

"맞아. 할배는 분명 천기가 뒤틀렸다고 했어. 놈이 죽는 게 또다시 천기를 뒤흔드는 거라면 그럴 가능성이 높지."

"민후 씨, 잠깐만……."

"응? 뭔가 생각난 거라도 있어?"

"그럼, 내가 죽어야 천기가 바로잡히는 거 아냐?"

"그러지 않길 바래야지."

"무슨 말이야?"

"놈이 시간을 반복할 수 있는 능력을 얻은 게 니가 살해당하기 전이라면, 니가 죽은 것도 천기가 뒤틀리는 일이란 거야."

"그런가?"

"걱정 마. 어떻게든 구해줄 테니까."

"또 허풍……."

이런 소녀가 아무 이유 없이 살해당하는 불합리한 천기라면 바꿔도 되지 않나… 안 그래요, 할배?

"야, 서민후."

"왜 또. 이번엔 아무 잘못도 안 했는데 왜 그렇게 노려봐?"

"혹시라도 쓸데없는 짓 하지 말라고."

"니가 웬일로 내 걱정을 다 하냐?"

"걱정은 무슨……."

"그럼 다행이네. 자, 해결책을 찾아봅시다."

"어떻게?"

"분명히 내가 알고 있다고 했어."

"니가? 아까까진 모른다며? 스님께서 그리 말씀하신 거야?"

"아니, 내가 그랬다고 하더라고."

"뭐? 니가? 어떻게 그걸… 서연 씨께서 그리 말씀하셨습니까?"

"예… 시간을 반복하는 동안 민후 씨랑 수없이 만났는데, 한 번은 민후 씨가 웃으면서 저한테 말했어요. 변했다고."

"변했다? 그때 무슨 일이 일어났었습니까?"

"예… 제가 눈을 뜨는 장소가 바뀌었었어요."

"그래요? 야, 너 뭔가 떠오르는 거 없어?"

"모르겠어. 근데, 대충은 알 것 같기도 해."

"뭔데?"

"생각해 보니까, 아까 내가 너를 만졌더라고. 그 외엔 변화가 없었어."

"그게 다야?"

"어, 근데 꽤 가능성이 있어. 내가 오늘 하루 접촉한 인물은 너랑 서연이뿐이거든."

"오다가다 스쳤을 수도 있잖아?"

"아니, 그럴 가능성은 없어."

"어떻게 확신하는데?"

"내가 그랬던 기억이 없으니까."

"참… 잘났다. 그럼 지나가는 사람 붙잡아 보면 알겠네."

아니, 내 생각엔 네놈이 특별한 거야…….

"변하지 않을걸. 그랬으니까 할배가 널 만나라고 한 거겠지."

"알아듣게 좀 말해라. 씨… 사람 복장 터져서 죽는 꼴 보고 싶나?"

"너 그쪽 세상에서 내 시체에 손댄 적 있어?"

"당연하지. 손만 댔겠냐……."

"아마도 그걸 거야. 그날 죽은 나도 눈치챈 게 아닐까? 그래서 너한테 연락을 했던 거고."

"그랬다면… 가능성이 없던 것도 아니지."

그렇게 말한 승민이 녀석이 갑자기 불신에 가득 찬 서늘한 눈빛으로 차갑게 말했다.

"근데, 넌 대체 어떻게 시간을 움직일 수 있는 거냐?"

"모르지. 그딴 능력 있었으면 이렇게 살고 있겠냐?"

"어영부영 넘어갈 생각하지 마."

"몰라. 정말이야. 알았다면 널 부르지도 않았지. 니가 날 어떻게 생각하는지 뻔히 아는데, 내가 그런 위험을 감수할 놈으로 보이냐?"

"글쎄… 또 모르지. 날 이용하려는 건지도."

“승민 씨… 민후 씨 말이 맞을 거예요. 저 사람은 정말 아무것도 모르는 것 같았어요…….”

“서연 씨가 아직 저놈을 잘 몰라서 그럽니다. 충분히 서연 씨를 속이고도 남았을 놈이에요.”

미치겠네… 대체 어떻게 된 일인지도 모르겠는데, 저놈까지 상대를 해야 된다니…….

“승민 씨…….”

“됐어. 서연이 니가 말해봐야 믿어줄 놈 아냐.”

“잘 아네. 야, 너 기억을 잃었다는 것도 거짓말 아냐?”

“그럴 리가 있겠냐? 정말이야. 시간을 움직이는 방법 따윈 관심도 없고… 그런 방법도 몰라. 우리 할배 이름 걸고 맹세할 수 있어. 너도 알지. 내가 아무리 개망나니어도 우리 할배만큼은 끔찍이 생각하는 거. 아마도 내 생각엔 그놈이랑 접촉할 때, 그 힘을 이용하는 방법을 알아냈을 거야.”

“하아… 스님까지 언급하니까, 내가 한 번만 속아주마. 다음엔 이런 일 없을 거야.”

할배, 각오해. 저 자식이랑 무슨 일이 있었던 건지 꼭 듣고 말거니까…….

“고맙네. 그럼 오해는 풀린 것 같은데, 이제 작전을 짜볼까?”

“무슨 작전?”

"뭐긴, 놈을 유인할 방법을 논의해 보자는 거잖아."

"방금 전까진 해결책을 찾자고 했으면서 갑자기 무슨 말이야?"

"우리가 너무 복잡하게 생각했던 것 같아. 박성구란 놈이 무슨 힘이 있겠어? 안 그래?"

"반지 사건처럼 놈이 지닌 물건을 없애면 해결될 일이란 거구만."

"그렇지. 헌데, 그 물건이 뭔지 알아내려면 일단 놈을 봐야 하지 않겠어?"

"그렇게 말하는 걸 보면 생각해 둔 게 있는 모양인데, 아니야?"

"맞아. 지금도 분명 놈은 우릴 찾고 있을 거야. 힌트를 좀 주면 단번에 우리가 있는 곳으로 찾아오겠지."

"말이 쉽지. 그게 말처럼 쉬울 것 같아?"

"그러니 이번엔 우리가 찾아가야지."

"민후 씨. 놈이 어디 있을 줄 알고 찾아간다는 거야?"

"세 곳 중 한 곳일 거야."

"세 곳?"

"응, 시간이 반복되던 장소들 말이야. 내가 놈이라면, 지금도 불안해 떨고 있을 테니 아마도 그 주변을 배회하고 있을 거야."

"왜 놈이 불안해한다는 거야?"

"너라면 안 그러겠냐? 힘을 가진 건 자신인데, 엉뚱한 놈이 자꾸 끼어들어서 방해를 한다면 말이야."

"흐음… 눈에 가시이긴 하겠구만. 근데 어째 넌 사람 안 가리고 원한을 사냐?"

"그러게 말이다. 이래서 너무 잘나도 문제라니까……."

"잘난 게 아니라, 싸가지가 없어서 그런 게 아닐까."

"원래 잘난 놈은 무슨 짓을 해도 욕을 먹게 돼 있어. 항상 그래왔거든."

"그런 말만 안 해도 욕은 안 먹을 것 같은데……?"

"공서연. 넌 목숨 걸고 도와주는 사람한테 그게 할 말이냐?"

"그러니 이런 말을 해주는 거지. 잘되라고. 안 그래요, 승민 씨?"

"그럼요. 문제는 저놈이 말을 들어 처먹을 놈이 아니라는 거지만요."

"사람 앞에 놓고 지금 뭐 하는 거야? 그리고 나만 지금 급한 거야?"

"그럴 리가. 네 생각엔 세 곳 중에 어디가 나을 것 같은데?"

"창고."

"창고?"

"왜 하필 거기인데……?"

"서연 씨, 왜 그러십니까?"

"아니, 그게……."

"재가 처음 놈한테 잡혀서 감금당한 곳이거든요."

"야, 굳이 그런 곳으로 정해야겠어?"

"처음 시간이 반복되기 시작된 장소야. 그리고 놈이 가장 안심할 장소이기도 하고."

"안심한다? 왜지?"

"서연이 말로는 버려진 창고가 아니라고 했어. 그렇다는 건, 놈이 창고 관리를 했던 곳이거나 창고의 소유자란 말이잖아. 또 입구도 한 곳이고."

"흐음… 입구가 하나라… 만에 하나 일이 틀어지기라도 한다면, 그땐 저승에서 다시 보겠구만."

"그럴 일이 없게 만들어야지."

"어떻게?"

"단단히 준비를 해야지."

* * *

"검사한테 별짓을 다 시키는구나."

"야, 어차피 시간이 되돌아가면 없던 일이야. 그리고 사람 목숨 살리는 일인데, 이 정도는 해줄 수 있잖아?"

"그래서 지금 이렇게 열심히 땀까지 흘리는 거 안 보여?"

"그러게 평소에 운동 좀 하지 그랬어?"

"어떻게 사람이 보면 볼수록 이렇게 뻔뻔할 수가 있냐?"

"그게 또 내 매력이지. 기억해라."

"귀에 못이 박히도록 들었으니까, 그놈의 기억하라는 말 좀 그만할 수 없겠냐?"

"미안, 그래도 워낙 중요한 일이라서. 잘못되면 네 다리가 부러지는 일이잖아."

"그렇긴 하지. 아무튼 정문으로 들어와서 무조건 직진으로 달리다가 지금 이 코너에서 좌회전, 그러고 나서 우측으로 붙으면 되는 거잖아."

"응. 놈이 190㎝는 훌쩍 넘는다고 했으니까, 이 첫 함정에 머리를 부딪칠 거야. 운 좋게 피하더라도 빠르게 코너를 돈다면, 저기 나온 철제에 다리를 부딪칠 테니까 게임 오버지. 그때, 놈의 몸을 뒤져서 물건을 찾자고."

"근데, 이거 생각보다 창고가 큰데."

승민이 녀석 말대로 소규모 물자 적재 창고일 줄 알았던 곳은 창고형 매장을 떠올리게 할 정도로 거대한 물류 창고였다.

"당시 현장에서 놈을 상대했던 경찰들 말로는 덩치에 비해 매우 날렵했다고 했어. 어쩌면 이곳으로 유인하기도 전에 우리 둘 중 한 명이 잡힐 가능성도 있어."

"불안하면 몇 군데 더 설치할까?"

"그게 나을 것 같다. 자재가 쌓인 공간이다 보니까 생각보다 달릴 공간이 협소해서, 빠르게 달릴 수 있을 것 같지도 않아 보여."

"그려. 다 설치하고 한번 시험해 보자고."

지치는구만. 예행연습까지 마치고 나니 안심이 되는 건 좋은데, 놈을 상대하기도 전에 체력을 너무 뺀 건 아닌지 모르겠다.

"후… 어때? 최승민, 이제 만족해?"

"어, 이대로 우리 계획대로만 진행된다면 놈을 쉽게 잡을 수 있을 것 같다."

"그럼 다행이네. 그럼 이제 계획대로 해보자구."

밖으로 나오자 문 앞에서 기다리고 있던 서연이 쪼르르 달려왔다.

"나도 도와준다니까."

"됐어. 그놈이 너부터 노릴 텐데, 네가 이 안에 들어와 있다간 방해만 돼."

"그래요, 서연 씨. 민후 말대로 이번엔 저희한테 맡겨주세요."

"그래도……."

"그래도는 무슨 그래도야. 너 잡혀서 우리가 놈한테 무릎 꿇고 비는 꼴 보고 싶냐?"

"민후 씨가 퍽도 그러겠다. 도망이나 안 가면 다행이지."

"나야 도망을 가겠지만, 이 녀석은 어쩌고?"

"알았어! 밖에서 기다리고 있으면 되는 거지?"

"그래. 평소에도 이렇게 말을 잘 들으면 얼마나 좋아."

"됐거든. 아까 말했던 장소에 숨어 있을 테니까, 더 어두워지기 전에 그 사람이나 유인해 와."

"성질하고는… 알지? 아까 말했던 것처럼 일이 잘되면, 너 혼자 놈과 그 창고에서 맞닥뜨리게 될 거야. 당황하지 말고 늘 하던 대로만 해."

"도망치는 거 하난 자신 있으니까 걱정 마."

"도망치고 나면 어떻게 하라고 했어?"

"승민 씨를 찾아가라며."

"그래. 하지만 아마도 나도 이 녀석도 널 기억 못 할 거야. 다른 말 하지 말고, 우리 할배 이름만 대. 그럼 이놈이 알아서 잘 해줄 거야."

"혹시 제가 의심을 하면, 반지 사건을 말씀해 주세요. 그래도 믿지 못한다면, 이 자식이 서연 씨를 위협했다고 하십시오."

"이 자식? 설마 나 말하는 거냐?"

"그럼 누구겠어."

"제가 알아서 잘할 테니까 두 분, 그만 싸우시죠. 이래서야 어디 믿고 맡기겠어요?"

이 상황에서도 잘도 웃음이 나오는구나.

"죄송합니다. 괜히 저희가 서연 씨를 불안하게 만든 것 같네요."

"괜찮아요, 승민 씨. 오히려 평소 두 분 모습이라 안심이 되는걸요."

"그랬다니 다행이네. 그럼 다녀올게."

"응. 조심해. 괜히 붙잡히지 말고."

"승민아, 이제 경찰 물려. 이 정도로 시간이 지났으면 놈도 우릴 봤을 거야. 경찰이 없다는 걸 알면 본색을 드러내겠지."

"그래. 근데 놈이 여기 안 왔다면 그땐 어떻게 할 건데."

"찾으러 가야지. 제까짓 게 아무리 빨라도 설마 차를 따라잡겠어?"

"아, 그전에 목걸이부터 스님께 맡기는 게 어때?"

"목걸이라니?"

"왜 모르는 척이야. 니가 차고 있는 그 동그랗게 생긴 붉은색 보석이 박힌 목걸이 말이야. 사건 현장에서 박살 나 있었어. 이번에도 그렇게 되기 전에 미리 맡기라고."

붉은색? 설마……?

"왜 그렇게 놀라냐?"

이게 어떻게 된 거지?

"미안… 차고 있던 것도 깜박했다."

"그래? 근데, 감촉도 못 느꼈던 걸 보면 꽤 오래 차고 다녔었나 보지? 안 어울리게 여자들이나 찰 법한 그런 목걸이는 대체 왜 차고 다니는 거냐?"

"할아버지 유품이라서……."

"할아버지……? 아, 미안하다… 내가 괜한 소리를 한 것 같네."

"괜찮아. 뭘 그런 거 가지고."

덕분에 모든 게 풀렸는걸. 변했다고 한 게… 이걸 말한 건가? 이거 내가 놈을 유인할 장소를 제대로 정한 모양이구만.

"경찰들한테 부탁하면 되는데, 어떻게 할래?"

"됐어. 내 수호 부적이거든."

"그러다 또 괜히 부서지면 어쩌려고. 할아버지 유품이라며?"

"그렇다고 또 빼고 있으면 불안해져서 말이야. 괜찮으니까 시작하자."

"그래. 괜찮다면 어쩔 수 없지. 괜히 나중에 징징대지 마."

"그럴 일 없으니까 걱정 말고 경찰이나 물러."

"알았어. 근데 이 철판은 꼭 몸에 둘러야 되는 거냐. 괜히 너무 과민 반응 하는 거 아냐?"

"서연이 말로는 몸싸움도 상당히 뛰어나다고 들었어. 괜히 방심하다가 당하는 것보단 낫지 않아?"

"하긴, 조심해서 나쁠 거 없지."

달이 오늘따라 유난히 밝네.

"지금이라도 찾으러 가는 게 낫지 않을까?"

30분… 승민이 녀석 말대로 슬슬 찾는 게 나아 보이긴 하는데…….

"그렇게 할까?"

"그래, 차 가지고 올게."

파지직.

멀지 않은 곳에서 들려오는 발자국 소리에 승민이 발걸음을 멈춘 채 주변을 경계하고 있을 때, 또 발소리가 들려왔다.

저놈인가? 생각보단 호리호리한데……? 공서연, 이건 과장이 너무 심하잖아. 내가 저딴 놈한테 당했다고?

"어이. 뭘 그리 꾸물대. 날 원하던 거 아닌가?"

15m, 아니, 20m 정도인가? 가깝지도 그렇다고 멀지도 않은 거리에서 멈춰 선 녀석이 내 말엔 신경도 쓰지 않은 채 주변을 둘러봤다.

"그 아가씨를 찾는 모양인데, 어디 있는지 알고 싶다면 나를 잡아야 할 거야."

말없이 기계처럼 고개를 좌우로 흔드는 놈의 행동에 뼈와 뼈가 부딪히며 '뚜둑' 하는 마찰음이 들려왔다. 그런 녀석의 입가엔 불길한 미소가 떠올라 있었다.

"최승민! 뛰어!"

뒤를 돌아보지도 않은 채 미친 듯이 달려 창고 문을 열고 안으로 들어가자 뒤이어 나를 따라 들어온 승민이 녀석이 거세게 문을 닫았다.

쾅!

보지 않아도 알 수 있었다. 우리의 뒤를 따라온 놈이 문을 부술 기세로 밀쳤다는 걸…….

"헉… 헉……."

"계획대로 해. 실수하지 말고."

그건, 내가 하고 싶은 말인데… 급박한 눈동자로 바라보는 승민에게 고개를 끄덕이며, 속으로 숫자를 셌다.

3, 2, 1. 지금!

콰지직…….

민첩하게 코너를 돌며 우측으로 붙은 승민이 녀석이 뒤에서 들려오는 소리에 미소를 지었다.

"생각보다 시시한데. 안 그래?"

"젠장… 그 말은 저쪽이 우리한테 해야 맞는 거 같은데?

튀어!"

황급히 내 앞을 막아선 승민이 녀석이 놈이 휘두른 팔에 복부를 강타당한 충격을 이기지 못하고 거의 7미터는 날아가 자재가 쌓여 있는 철재 선반에 처박혀 있었다.

사람의 힘으로 이게 가능하다고?

"괜찮아?"

"괜찮아……."

복부에서 기괴한 형태로 휘어버린 철판을, 복면을 쓴 괴한에게 집어 던진 승민이 마른침을 삼키며 물었다.

씨발… 저게 뭐야? 방금 한 손으로 철판을 튕겨낸 거야?

"근데, 시간만 조종할 수 있던 게 아닌 거야?"

"그러게 말이다. 공서연, 이 망할 기지배……."

"끝난 건가?"

이미 제 기능을 상실한 함정들을 힐끔 바라본 괴물 자식이 맹수가 먹잇감을 노리는 것처럼 천천히 발걸음을 옮기고 있었다.

"최승민, 움직일 수 있겠냐?"

"움직일 수야 있지. 문제는 도망갈 방법이 없다는 거고."

막다른 코너에 몰린 것을 상기시켜 준 승민이 녀석이 내게 속삭였다.

"저 팔찌 보이지? 반지 때랑 문양이 똑같아."

승민의 시선을 따라가자, 놈의 후줄근한 복장과는 어울리지 않는 고급스러운 장식의 팔찌가 눈에 들어왔다.

"대체 이게 어떻게 된 거야?"

"글쎄. 이래서 할배가 내가 할 일이 남았다고 했나 봐."

설마… 아니겠지…….

"그래? 그럼 그 반지 말고도 악령이 깃든 물건이 남아 있었단 말이겠네."

"그럴지도… 근데 어쩌려구?"

"어쩌긴, 계획대로 해야지……."

"미친놈아! 넌 지금 이 상황에서 그런 말이 나오냐?"

녀석을 말리려는 그때, 승민이 녀석의 당치도 않는 말보다 더 듣고 싶지 않은 말소리가 들려왔다.

"이봐요. 당신 목적은 나 아니에요? 애꿎은 사람들 그만 괴롭히시죠?"

망할… 얌전히 있으라고 그렇게 말했는데…….

서연을 찾은 기쁨 때문일까? 여태껏 꿀 먹은 벙어리처럼 한마디 않던 괴한의 입이 열렸다.

"이제 돌아가야지. 밤늦게 돌아다니면 위험해요."

"그쪽이 쫓아오지만 않으면 위험할 일도 없는데. 어떻게, 그냥 가주실래요?"

"그렇게 말하면 이 아저씨가 많이 섭섭한데……."

마치 딸을 달래는 듯한 놈의 행동에 그저 기가 찰 뿐이었다.

"공서연! 지금 뭐 하는 거야?!"

"에휴~ 자신만만할 때부터 알아봤어. 민후 씨가 그렇지 뭐… 도망가."

"뭐?"

"이번에도 실패인 것 같아. 다음에 또 봐."

"개소리하고 있네. 이 새끼는 어떻게든 우리가 막을 테니까 얼른 도망가. 최승민!"

품 안에서 칼을 꺼내는 괴한의 행동에 서둘러 놈에게 몸을 날려봤지만, 놈은 날파리를 쫓듯 가볍게 우리를 떨쳐냈다.

쾅!

씨발…….

"하아… 하아……."

어떻게든 다시 몸을 가누려는 우릴 울 것 같은 얼굴로 바라보던 서연은 결심을 한 것처럼 창고 밖으로 달리기 시작했다.

"젠장……."

"괜찮냐?"

"뭐가?"

"어깨 말이야. 깊게 베인 것 같은데 괜찮냐고?"

어깨? 어쩐지 욱신거리더라니…….

"지금 이깟 어깨가 문제냐. 괜찮아."

"다행이네."

부축을 해주려는 듯 손을 내민 승민의 시선은 나를 향해 있지 않았다.

"어차, 고맙다."

"아까 말한 대로 팔찌만 놈한테서 떼어내면 되는 거냐?"

"그래. 그것보단 우선 서연이부터 구하는 게 먼저야."

"아니, 놈이 서연 씨한테 정신이 팔려 있을 때, 팔찌를 뺏는 게 나아."

"뭐?"

"시간을 되돌리면, 이 상황도 없어지는 거잖아. 안 그래?"

"그렇지만 대체 어떻게 팔찌를 떼어내려고."

"거의 다 됐어. 방금 반쯤 뜯어냈거든."

"뭐? 그 상황에서도 그것만 노렸다고……?"

"말로만 천재니, 뭐니 하지 말고 이제 실력 좀 보여봐. 팔찌는 내가 어떻게든 해볼 테니까."

이거 나도 참… 무뎌진 모양이네…….

"그래. 장난은 여기까지만 하지."

"믿어도 되는 거냐?"

"두 눈으로 똑똑히 지켜봐. 가보자구."

"근데, 어디로 가야 하냐?"

그러게… 제발, 잡히지만 말았어라.

"단순하니까, 분명 앞만 보고 달렸을걸……."

하지만 창고를 나서자마자 놈과 마주쳤을 때, 내 바램이 헛됐음을 깨달았다. 놈은 짐짝처럼 서연을 어깨에 짊어진 채 우리를 기다리고 있었다.

"찾을 필요가 없어서 좋다고 해야 할지……."

"도망치는 거 하난 자신 있다던 놈이… 이래선 시간을 돌려도 잡힐 게 뻔하잖아."

"이제 와서 돌이킬 수도 없잖아. 그것 말고는 방법도 없다며?"

"공주님을 구할 기사분들께서 겁을 먹으신 모양이네. 공주님께서 정신을 잃어서 다행이야……?"

개자식…….

승민이 녀석이 천천히 서연을 내려놓는 놈을 노려보며 물었다.

"빨리 말해. 해? 말아?"

달리 방법이 없잖아. 이젠 믿어볼 수밖에 없어…….

"시작하자. 꼴사납게 자빠지지 마. 놈의 시선은 내가 끌어줄게."

"걱정 말고, 팔찌나 잘 처리해."

그렇게 말한 승민이 녀석이 놈을 향해 달려들었다.

미친 자식… 이건 작전이랑 틀리잖아?

막무가내로 놈의 몸을 붙들고 매달리기 시작한 승민의 복부를 향해 놈은 사정없이 칼을 휘둘러댔다.

"최승민!"

혈흔이 낭자하는 참혹한 광경을 멍하니 바라보다 정신을 차리고 놈에게 달려갔을 땐, 이미 녀석은 거슬린다는 듯 정신을 잃고 쓰러진 승민을 잡아채 그대로 집어 던졌다.

미친 새끼… 걱정 말라던 놈이… 이놈이나 저놈이나 왜 이리 막무가내야!

"이제 끝을 내보자구. 덕분에 오늘도 즐거웠어. 꽤나 고생했지만 말이야."

"즐길 수 있을 때, 충분히 즐겨두라고. 이젠 지옥을 맛보게 될 테니까……."

뭐?

"뭘 멍하니 있어……?"

그렇게 말한 승민이 녀석이 무언가를 내 쪽을 향해 던졌다.

이건… 설마, 팔찌? A. A. K라… 이 이니셜. 역시나인가…….

"미안… 힘이 빠져서……."

처음부터 이럴 생각이었던 거냐? 그것이 뭔지 눈치챈 괴물 자식이 서둘러 몸을 날렸다.

"이거 어쩌나? 이게 없으니까, 몸이 많이 둔해지셨어?"

"좋은 말로 할 때, 내놓는 게 좋을 거야."

이런 놈의 손에 들어갔던 게 천운이었구만.

"글쎄? 그건 좀 생각을 해봐야 될 것 같은데, 친구 놈이 목숨 걸고 찾아준 거라 말이야. 어이, 괜찮아."

"넌 이게 괜찮아… 보이냐……?"

"미친놈아. 그러게 그런 짓을 왜 해?"

"저 아가씬, 이 기회를 잡기 위해서 수백 번을 넘게 죽었어. 놓치게 할 순 없잖아."

"하여간… 너도 참 징하다……."

"말하는 것도 힘드니까… 잡소리 그만하고, 할 일이나 해."

"그래. 금방 끝낼 테니까, 좀 쉬고 있어."

"내 말 안 들려? 죽기 싫으면 내놔!"

"어이, 부탁을 하려면 정중하게 해야지? 정 갖고 싶으면 따라와 보든가?"

침착해. 기회는 한 번뿐이야.

"헉… 헉……."

"역시, 머리가 좋은 척하는 놈들은 이래서 문제라니까… 고작 생각한 게 창고야?"

뒤에 놓인 쇠막대기를 손에 쥔 내 모습이 우습다는 듯 껄껄대며 웃던 녀석이 천천히 다가오기 시작했다.

"글쎄… 머리가 나쁘면 몸이 고생한다지? 넌 내가 이 팔찌의 용도를 모른다고 생각하는 거야?"

"뭐……?"

"지금도 봐봐. 아까랑 다르게 내가 만든 함정을 요리조리 피해서 오셨잖아. 나도 이걸 차면 너처럼 되나?"

"그걸 찬다고 아무나 나처럼 될 수 있을 것 같아……?"

"거짓말을 하려면 표정부터 숨겨야지. 이 돌대가리 새끼야."

"그러게… 차기 전에 죽이면 되는데… 괜한 고심을 하고 있었어?"

"아… 아……."

멀찍이 날아간 회칼을 바라보던 녀석이 믿을 수 없다는 듯 황망한 눈빛으로 이쪽을 바라봤다.

"아픈가 봐? 이래 봬도 내가 샤벨을 꽤나 오랫동안 배웠거든. 그게 뭔지도 모르겠지만. 이걸 가지고 싶어?"

찰그랑.

"그럼 가져가 봐."

"멍청한 자식……."

글쎄… 눈빛을 빛내며 달려들려는 녀석을 바라보며 천천히 발을 들었다.

"지금 무슨 짓을 한 거야?"

산산이 부숴져 버린 팔찌에서 영롱한 빛이 새어 나오기 시작했다.

공서연. 이젠 니 차례야. 이번엔 잘해보라구.

*　　　*　　　*

어떻게 된 거지? 분명 그놈한테 잡혔었는데……? 민후 씨, 승민 씨… 다들 도망간 건가?

“아가씨… 뭘 그리 열심히 찾아?”

도망가야 돼…….

“으음… 우리 사이에 이러면 안 되지…….”

“아!”

“꼭 이렇게 머리끄댕이를 잡아야 말을 들어요. 이젠 포기할 때도 되지 않았나?”

“그 사람들은 어떻게 됐죠?”

“글쎄? 아가씨가 맨날 만나던 그 바보가 팔찌를 부쉈더라고. 그러면 이게 다 사라질 줄 알았나 봐?”

설마, 해결한 거야? 그럼… 미안, 민후 씨. 아무래도 틀린 것 같아…….

비열하게 웃던 개자식이 언제나처럼 바닥에 나를 눕힌 채 천천히 칼을 높이 들었다.

“아… 또 왜 이럴까?”

공포에 질린 내 모습을 기대했던 그가 한숨을 내셨다.

"이러면 아가씨만 힘들어. 또 아프고 싶은 거야?"

"개만도 못한 자식……."

짝!

나도 모르게 눈물이 나왔다. 하지만 그건 놈에게 맞은 볼이 아파서가 아니라, 민후 씨와 승민 씨가 어렵게 만든 기회를 스스로 망쳤다는 자괴감 때문이었다.

바보… 민후 씨가 그렇게 당부했었는데…….

"슬슬 시작해 보자구……."

"그거 참… 재미있어 보이는데, 나도 좀 껴도 되나?"

어떻게?

"거기서 뭐 하냐? 안 어울리게 또 왜 울고 있어?"

"니가 어떻게 여길?"

"왜? 내가 오면 안 될 곳인가?"

민후 씨가 싸늘한 눈빛으로 놈을 향해 쇠막대기를 휘둘렀다.

"아……."

"왜? 이런 거 좋아하지 않나? 미안… 좋아하는 줄 알았는데, 인상을 찌푸리는 걸 보니까 아닌가 봐?"

민후 씨의 짓궂은 질문에도 놈은 맞은 손을 부여잡은 채 미친 듯이 무언가를 찾기 시작했다.

"팔찌를 찾는 거면, 소용없어. 봤잖아."

"대체… 대체… 넌 뭐야? 어떻게 여기 있는 거야!"

"굳이 내가 말을 해야 하나? 이젠 볼일도 없을 것 같은데."

"설마 죽인 거야?"

"그럴 리가 있겠냐? 기절만 시킨 거야. 저쪽에 가면 자재 묶을 때 쓰는 끈이 있으니까, 그거나 좀 가지고 와."

"어? 어……."

끈을 가지고 오는 날 민후 씬, 언제나처럼 차가워만 보이는 눈동자로 응시하고 있었다. 하지만, 처음 그를 만났을 때완 달리 왠지 따듯하게만 느껴졌다.

"뭐야? 그 눈빛은?"

"아니, 어깨는 왜 다쳤어?"

"왜 다쳤겠어?"

"설마 칼에 베인 거야?!"

"이제 와서 오버하지 말고 끈이나 줘."

"걱정하는 사람한테 그게 할 말이야?"

"이놈을 묶어야 치료를 하든가 말든가 할 거 아냐?"

"내가 묶을 테니까 민후 씨는 상처나 치료해. 응급처치 잘하더만."

"알았어. 꽉 묶어, 어?"

"안 그래도 그럴 거야. 나쁜 자식……."

하여간… 자존심만 세가지고.

“이리 줘. 그래 가지고 어느 세월에 상처를 감으려고?”

“이게 생각보다 쉽지가 않네.”

“아프긴 한가 봐?”

“뭐?”

“저번처럼 몸매 감상하라는 말 안 하는 거 보면.”

“이미 한번 봤다며? 그럼 말 안 해도 알 거 아냐.”

“에휴… 말이나 못 하면… 근데 대체 어떻게 된 거야?”

“뭐가?”

“민후 씨가 어떻게 여기에 있냐는 거잖아.”

“아, 별거 아냐… 영원한…….”

“뭐라고?”

“못 들었으면 됐다.”

영원한 시간의 틈에서 잠시 머물렀다고?

“어떻게 시간이 영원할 수가 있어?”

“들었냐? 농담 좀 한 거야. 니 말대로 어떻게 시간이 영원할 수가 있겠니. 그냥 운이 좋았나 봐. 팔찌를 부수기 전에 신께 기도했거든.”

“뭐라고?”

“뭐긴, 여기로 올 수 있게 해달라고 빌었지.”

“정말 신이 있긴 한가? 근데, 민후 씬 불교 아냐?”

“당연히 불교지.”

“그럼 부처님께 빌어야 되는 거 아냐?”

“워낙 급해서 누구든 좋으니 도와달라고 했어.”

“스님께서 아시면 참 좋아하시겠네~”

“이해해 주실 거야. 워낙 자비로우신 분이라.”

“치… 맨날 자기 좋은 대로만…….”

“아휴… 아까까지만 해도 질질 짜던 게 고새 살아가지고.”

“뭐?!”

“뭐긴 보기 좋다는 거잖아.”

“뭐야… 사람 민망하게…….”

“칭찬을 해줘도… 아무튼 승민이 녀석한테 알려야 되니까, 할 말이나 생각해 둬.”

“어?”

“왜 그리 놀라?”

“이상해서…….”

“뭐가?”

“이상하잖아. 민후 씬… 대체 어떻게 기억을 잃지 않은 거야?”

“내가 말했잖아. 내가 기억하지 못하는 건 없다고.”

“또 그렇게 얼렁뚱땅 넘어갈 거야?”

“몰라, 나도. 그냥 운이 좋았나 봐.”

“그래… 치… 운이 좋아서 다행이네.”

상처도 그렇고 기억도 잃지 않았어… 설마, 시간을 피한 건가?

영원한 시간… 대체 뭐야?

“뭘 그렇게 골똘히 생각해?”

“아, 그게… 승민 씨한테 뭐라고 둘러대나 생각했지. 근데, 승민 씨한텐 연락 안 할 거야?”

“지금 해야지.”

—여보세요. 니가 웬일이냐?

“웬일은… 검사 친구한테 부탁할 게 좀 있어서 연락 좀 한 거지.”

—또 저번처럼 누굴 만나달라는 거면, 일없다.

“그런 거 아냐. 스토커를 우연히 잡았어.”

—스토커? 너를 쫓아다닌 거야?

“아니, 어떤 아가씨가 창고로 끌려가는 걸 봐서 몰래 미행을 했더니, 칼을 꺼내더라고?”

—그래서?!

“뭘 그래서야. 구했다는 거지. 도와줄 거야, 말 거야?”

—어디야?

“여기가…….”

* * *

"고생했다. 스님께서도 기뻐하실 거야."

"어째 만날 때마다 할배 얘기는 빠지질 않냐?"

"미안. 근데 피해자분과 원래 아는 사이야?"

"아니, 내가 워낙 친화력이 좋잖아."

"그래? 아무튼 상처도 치료해야 하니까, 얼른 가서 조서나 쓰자."

"니가 나한테 이렇게 친절하게 굴 때도 다 있고. 세상은 역시 오래 살고 봐야 된다니까."

"쓸데없는 소리하는 건 여전하구나. 목격자 씨. 이쪽으로 앉으시죠."

"얼른 물어봐. 너도 알다시피 내가 좀 바쁜 몸이잖아."

"안 그래도 니 얼굴 오래 볼 생각 없으니까 그런 걱정은 안 해도 돼."

오늘 고마웠다. 전생에 내 목숨을 구했다고 했던가… 그 말이 틀렸으면 좋겠는데.

"어휴… 검사님 친구분이시라고요?"

"예, 서민후라고 합니다."

"안녕하십니까~ 최 검사님을 물심양면으로 돕고 있는 이대건이라고 합니다."

"아… 그러셨군요. 직책이?"

"아! 수사관입니다. 죄송하지만, 검사님께서 개인적인 감정은 배제하고 싶다면서 저보고 조서를 작성하라고 하셔서요. 괜찮으실까요?"

"그랬습니까? 야, 옆에 있으면 좀 말해주면 덧나냐?"

"뭘? 그럼 난 피해자 조서 작성하러 가볼 테니까, 수사관님 귀찮게 하지 말고 성실히 협조해."

"넌 참 걱정도 많다. 안 그래도 그럴 거야. 이 수사관님. 슬슬 시작하시죠."

"예. 근데, 저희 검사님과는 언제부터 아신 겁니까?"

"그게 조서를 작성하는 데 필요한 겁니까?"

"아니요~ 친해 보여서요. 검사님께서 저렇게 감정을 드러내는 걸 본 적이 없거든요."

"그래요?"

"그래서 말인데 말입니다~"

하아……? 이놈도 고생이 많겠구만…….

"이젠 안전하니 안심하셔도 됩니다."

"예, 감사합니다… 근데 승민 씨, 아! 죄송합니다."

"아닙니다. 검사님이라고 불리는 것보다 친근해서 좋은데요. 편하게 말씀하십시오."

승민이 녀석은 역시 기억을 못 하는 건가.

"예… 감사합니다."

"그럼 어떻게 된 건지 말씀해 주시겠습니까?"

"예 그게… 제가 길을 걷고 있었는데 갑자기……."

* * *

"그럼 고생해라."

"어… 근데, 박성구 저 자식 원래 저랬어?"

"왜 무슨 일 있어?"

"아니, 시간이 반복된다느니 자기가 나를 찔렀다느니 하는 헛소리를 해대서……."

"나한테도 이상한 소리를 하더라고. 괜히 잡히고 나서 정신병자인 척하는 걸 거니까 괜히 넘어가지마."

"알아. 어째 범죄를 저지를 땐 멀쩡하던 놈들이 잡히기만 하면 죄다 미친 척을 하는지 모르겠다. 아무튼 오늘 고생했다."

"고생은 무슨. 잘 지내라. 아… 시간 되면 나중에 술이나 한잔하자."

"술? 야, 서민후. 우리가 그 정도로 친한 사이는 아니지 않나?"

"아… 참… 그냥 좀 빈말이라도 그러자고 하면 덧나냐? 실적 생각해서 기껏 전화까지 해줬더만."

"실적은 무슨… 아무튼 난 생각 없으니까 그리 알아."

"그렇게 빼봐야 광현이 녀석이 달라붙으면 너도 별수 없을걸."

"사시 준비하는 놈이 술은 무슨 술이야. 괜히 그놈이 술 사달란다고 사주지 마."

"그래. 아무튼 담에 또 봅시다."

"들어가라."

끝까지 또 보자는 말은 안 하는구만. 징글징글한 놈…….

"아쉽겠네?"

"뭐가 아쉬워?"

"승민 씨가 기억을 잃지 않았으면 조금은 친해졌을 거 아냐."

"그놈이? 턱도 없는 소리하지 말고 택시 잡아줄 테니까 부모님 걱정하시기 전에 얼른 들어가 봐."

"뭐야? 승민 씨한테는 술 한잔하자더니! 그 위기를 같이 헤쳐 나왔으면서 고작 한다는 말이 그거야?"

"술은 무슨… 내일 출근해야 되거든. 그러니까 허튼 소리 말고 가보세요."

"치… 번호는 알려줄 수 있잖아. 감사의 표시로 주말에 내가 술 한잔 살게."

"됐다. 번호는 무슨. 그런 사이 아니잖아. 우리 이렇게 끝냅시다."

"싸가지하고는!"

"뭐?"

"됐어!"

"어디가? 택시 잡아준다니까?"

"나도 잡을 줄 알거든? 출근하셔야 된다면서요? 남 일엔! 신경 끄시고 집에 가서 발 닦고 잠이나 자시죠!"

"그래, 그럼. 잘 지내라. 또 위험하게 밤늦게 돌아다니지 말고."

"안 그래도 그럴 거네요!"

인연이 되면 또 보자구. 꼬마 아가씨.

*　　　*　　　*

"니가 이 시간엔 여기 웬일이냐?"

그러는 할배야말로 내가 올 줄 어떻게 알고 거기 서 계신 거예요.

"그냥, 마음이 싱숭생숭해서 와봤죠… 근데 별일 없으셨어요?"

"절간에 틀어박혀 있는 늙은이한테 일은 무슨… 저녁은 먹은 게야?"

"아뇨. 일이 바빠서 아직 못 먹었어요."

"그럼 오랜만에 밥이나 같이 먹자꾸나."

"할배, 아직까지 식사도 안 하신 거예요?"

"시간이 몇 신데, 안 했겠느냐. 밤이 늦어 출출하니 그런 게지."

"아… 그러세요… 근데, 승민이 말이에요."

"승민이? 아, 승민 군… 갑자기 승민 군은 왜 찾는 게냐?"

"아니, 궁금해서요. 어떻게 알게 된 거예요?"

"승민 군 모친이 그 아이를 생각해서 하루도 빠짐없이 불공을 드리러 오는 모습에 감복하여 도움을 준 것이 인연이 된 게지."

"그래요? 할배가 무슨 도움을 주셨는데요?"

"네가 그걸 알아서 뭘 하려고?"

"아니, 오늘 승민이를 잠깐 봤는데 내 이야기는 안 하고 할배 이야기만 해서 보통 인연은 아닌 것 같아 궁금해서 그렇죠."

"나보단 너와 더 깊은 인연이지."

무슨 일이었는지 말씀해 주실 생각이 없으신 모양이네…….

"그게 무슨 말씀이세요?"

"무슨 말이긴, 전생에 네 목숨을 구한 은인이니라. 그러니 잘 대해주거라."

“그놈이요? 어떻게 제 목숨을 구했는데요?”

“예끼, 이놈아! 그걸 알았으면 내가 여기 있겠느냐? 부처가 되어 네놈을 혼내고 있겠지!”

“왜 화를 내고 그러세요?”

“왜긴 왜야? 느닷없이 찾아와서 흰소리만 늘어놓으니 그런 게지.”

“아 참… 궁금한 것도 못 물어봐요? 근데 오늘 낮에 제가 찾아온 건 기억 안 나요?”

“네가? 나를 보고 간 게야?”

“그런 건 아닌데 잠깐 들렀었죠.”

“이놈아, 보고 간 것도 아닌데 내가 어찌 네가 온 것을 안단 말이냐?”

“생각해 보니 그렇긴 하네요. 이제 그만 방에 들어가 계세요. 아무리 가을이라고 해도, 밤바람은 차갑아요.”

“네놈이 웬일로 내 걱정을 다 하고. 허허… 내일은 해가 서쪽에서 뜨려나 보구나.”

“참, 효도 한번 하기 힘드네. 뭘 또 해가 서쪽에서 떠요?”

“기특해서 농 좀 한번 했다고 버럭버럭 대드는 걸 보니, 아직도 멀었나 보구먼.”

정말 모르는 거야… 모른 척하는 거야? 도무지 할배 속은 알 수가 없다니까.

점점 멀어져 가는 할배의 뒷모습을 바라보고 있으니, 궁금증만 커져갔다.

근데, 대체 그 팔찌는 어떻게 된 거지? 반지도 그렇고… 도무지 알 수가 없네…….

"괜히 머리만 아프구만. 됐다. 뭐, 언젠가 알게 되겠지. 할 일이나 해볼까."

—띠리리 —띠리리

—여보세요.

"안녕하셨습니까? 전 사장님. 서중필 의원을 모시고 있는 서민후라고 합니다. 일전에 찾아뵀었는데 기억하시는지요?"

—아… 그래, 그래. 기억나네. 근데 참 오랜만일세. 이거 섭섭해?

"죄송합니다. 제가 일이 바빠서, 이제야 겨우 시간이 났습니다."

—그래. 서 의원님을 모시고 있으니 바쁘겠지. 이해하네. 근데, 자네가 이 시간에 내게 연락을 한 걸 보면 역시 그 일 때문인가?

"역시 사장님이십니다. 예상하신 대로 사장님께서 제게 제안하신 일 때문에 연락드렸습니다."

—그래? 결정을 한 모양이구만. 허… 이거 괜히 내가 다 떨리는구만. 어디 말해보게.

"예, 전 사장님의 제안을 받아들이려고 합니다. 헌데, 아무래도 제게도 중대한 결정이라… 직접 만나뵙고 싶은데 언제 시간이 괜찮으실런지요?"

—허허! 이 사람아, 내 자네가 거절을 하는 줄 알고 심장이 내려앉는 줄 알았네. 난 언제든 괜찮으니 자네가 편한 시간을 말해보게.

"그럼… 이번 주 토요일에 뵙겠습니다."

—그래, 그때 보세. 그때 가서 다른 말하면 안 되네.

"그럴 일은 없을 테니 안심하십시오."

—암, 그래야지.

최승민. 니가 원하든 원치 않든 이젠 관심 없어. 원망하려면 얼마든지 해. 각오는 되어 있으니까.

*　　　*　　　*

"제 말 좀 들어주십시오!"

"아… 알겠다니까요… 그래요, 오늘 우리 검사님을 찌르셨다고요. 근데 멀쩡하네? 여기 계신 이분은 누구신가?"

"이 수사관님. 그만하세요."

"아니, 검사님은 사람이 너무 좋아서 탈이십니다. 이건 해도 해도 너무하잖습니까? 야, 이 양반아! 당신이 이렇게 나온다고 없던 정신병이 생기는 게 아니야. 우리 괜히 힘 빼지 맙시다?"

"아무것도 모르는 새끼가 뭘 안다고 아까부터 지껄이는 거야! 넌 빠져! 이 개새끼야!"

"개새끼? 야 이 양반아… 하… 진짜 어이가 없네. 아무 죄도 없는 사람을 죽이려고 한 주제에 뭐? 개새끼? 이 씨……!"

"수사관님. 진정하세요."

"검사님… 죄송합니다……."

"아무래도 안 되겠네요. 수사관님 지금 너무 흥분하셨어요."

"검사님… 저놈이……."

"잠깐 밖에서 이야기 좀 하시죠."

"평소엔 그렇게 냉철하신 분이 오늘따라 왜 이러세요. 일단 머리 좀 식히세요. 예?"

"괜찮습니다. 다 식었습니다. 보세요?"

"알았어요. 오랜만에 아메리카노가 땡기네요."

"에이… 검사님 아니죠?"

"수사관님은 안 땡기세요?"

"하아… 진짜 너무하십니다. 매번 왜 그러십니까? 저런 놈들 말 들을 필요 없다니까요!"

"알아요. 그래도 이렇게 서로 감정싸움 할 필요 없잖아요."

"알겠습니다. 그럼 다녀오겠습니다. 아, 녹화는 꺼놓겠습니다."

"왜요? 다 남겨야죠. 그래야 정신감정을 할 때 도움이 될 거 아니에요?"

"이런 녹화 파일 남겨봐야, 검사님 실적과 경력에 해만 됩니다. 이런 거 아니어도 저 자식 정상 판정 나올 겁니다. 그러니 검사님께서도 이 정도는 양보해 주십시오."

"알겠어요. 미안합니다. 제 고집 때문에 괜히 수사관님께 폐를 끼치네요."

"괜찮습니다. 근데, 10분이면 되죠?"

"예, 그 정도면 충분히 달랠 수 있을 것 같습니다."

"하아… 참… 요즘 참 헷갈립니다."

"뭐가요?"

"상사 복이 좋은 건지, 나쁜 건지 말입니다."

"이거 괜히 섭섭한데요?"

"농담입니다. 그럼 좋은 시간 보내십시오~"

"수사관님……."

얼른 끝내라는 듯 괜히 짓궂은 농담을 날린 수사관이 들어가 보라는 손짓을 해왔다.

"죄송합니다. 수사관 때문에 화가 나셨다면 제가 대신 사과드리겠습니다."

"개소리 집어치워! 당신 정말 기억 안 나!"

"박성구."

"뭐?"

"내가 말했지. 지옥을 보여주겠다고?"

"너… 설마……."

"그래, 기억하고 있어. 네놈이 내 배를 회칼로 쑤시던 그 느낌도 전부."

"근데 왜 아깐 모른 척한 거야?"

"당신이라면 아는 척했겠어? 그랬다간 나도 정신병자가 될 판인데."

"대단하시구만~?"

"칭찬 고마워. 근데, 사실 아까 니가 말했던 그 눈썹이 흰 놈도 믿지 못하거든. 그래서 말인데, 우리 거래 하나 할까?"

"무슨 거래?"

"그때 무슨 일이 있었는지 말해주면, 형량을 감해줄 수도 있어, 어때?"

"정말이야?"

"싫으면 말고. 10분이야."

"뭐가 10분이란 소리야?"

"수사관이 다시 돌아오면 이 이야기는 없던 일이라는 거지. 결정해."

"좋아……."

"그럼 말해봐. 대체 그 창고 안에서 무슨 일이 있던 거야?"

"모르겠어… 도대체 그놈이 뭔 짓을 한 건지."

"그래? 그럼 우리 계약은 끝인가 보군."

"잠깐만! 놈이……."

"그놈이?"

"그 눈썹이 흰 놈이 이렇게 말했었어……."

"뭐라고?"

"멈추어라……."

"그게 끝이야?"

"모르겠어. 그리고 뭐라고 중얼거렸는데 듣지 못했어. 그러고 나선 아까 말한 것처럼 그 창고에 내가 서 있었어. 그리고 어느샌가 그놈이 내 뒤에 서 있었고… 여태까지 그랬던 적이 없었는데. 대체 어떻게 된 일인지 모르겠어."

난 시간이 반복되기 전처럼 검찰청에 있었는데 어떻게 민후 그놈은 창고에 있던 거지?

"검사님, 말씀하신 커피 대령했습니다."

"감사합니다. 그럼 여긴 수사관님께 맡기겠습니다."

"이봐! 아까랑 말이 틀리잖아!"

"수사관님 말씀대로 제가 괜히 시간 낭비를 한 것 같네요."

"것 보십시오. 제가 뭐라 그랬습니까… 저한테 맡겨만 주십시오. 10분이면 끝날 겁니다.”

“그럼 수사관님만 믿겠습니다.”

뭘 멈춘 거지? 시간? 아니야… 지금 상황을 보면 시간은 분명 움직였어. 팔찌도 없었고. 대체 서민후 그놈이 멈춘 건 뭐야?